ala delta
INTERNACIONAL

Chucho chungo

Dirección: *María Alarcón García*
Equipo editorial: *Ana M.ª Maestre, Guadalupe Rodríguez y Myriam Sayalero*
Traducción: *Brigitte del Castillo*
Diseño de cubierta: *Cristina Martínez-Abarca*

Primera edición: diciembre 1997.
Segunda edición: mayo 1999.

Título original: *Cabot-Caboche*

ISBN: 84-263-3729-5
Depósito Legal: Z. 1336-99
Talleres Gráficos Edelvives
50012 Zaragoza

Talleres Gráficos
Certificados ISO 9002
Printed in Spain

Daniel Pennac

Chucho chungo

Ilustraciones de

Miles Hyman

EDELVIVES

A Pec, Kanh, Louk, Diane, Fantou, Susi,
Benjamin, Ubu, Petit, Alba, Swann, Bibi,
Bolo, Julius, Blackie, J. B., Ouapy, Xango,
y a todos los demás perros que
me han honrado con su amistad.

I. ¡Qué asco de perro!

—EN primer lugar: ¡cuando uno es un perro callejero, no puede ser tan remilgado!

Quien chilla de esta forma es Pimienta. Tiene una voz agudísima. Sus palabras rebotan contra las paredes, el techo y el suelo de la cocina. Se mezclan con el entrechocar de los platos. Demasiado ruido. Perro no entiende nada. Se conforma con agachar las orejas y esperar a que pase el temporal. ¡De todas formas, no es la primera vez! Que lo llamen perro callejero no lo afecta. Sí, fue un perro callejero, ¿y qué? Nunca se ha avergonzado de ello. Pero, ¡por Dios, qué aguda es la voz de Pimienta! ¡Y hay que ver cuánto habla! Si no necesitara de las cuatro patas para mantenerse en pie con dignidad, Perro se taparía las orejas con las delanteras. Aunque siempre se negó a remedar a los humanos.

—Entonces qué, ¿te vas a comer esa sopa o no?

No, no se va a comer la sopa. Se queda inmóvil delante del plato, hecho un ovillo, como si fuera un verdadero ovillo peludo, sordo y mudo.

—Muy bien, como quieras. Está bien; si eso es lo que quieres, de acuerdo. Pero, te lo advierto —rezonga Pimienta—, no tendrás otra cosa hasta que no te hayas comido esto.

En ese preciso momento se abre la puerta y Perro ve aparecer, a dos centímetros de su hocico, los enormes zapatos de Gran Almizcle.

—¿A qué viene tanto chillido?

Éste es otro tipo de voz. Sale zumbando del corpachón de Gran Almizcle, y las palabras empiezan a caer como las piedras de un alud, o mejor —ya que Perro nunca ha visto un alud— como hacían los somieres viejos, los televisores destrozados y las neveras rotas en el basurero de Villanueva, cerca de Niza. Esto es un recuerdo espantoso para Perro.

—¡Es Perro! No quiere comerse la sopa.

—No hace falta meter tanto ruido. Lo que tienes que hacer es encerrarlo en la cocina. Ya verás cómo al final se come esa sopa.

Los enormes pies se dan media vuelta y Gran Almizcle abandona el lugar refunfuñando:

—Me crispa los nervios el chucho este.

«Chucho» es una forma de referirse a perro. Hay muchas otras, pero ninguna elogiosa. Perro se las conoce todas: hace ya tiempo que no le ofenden.

—¿Has oído? ¡A la cocina! ¡Ahí toda la noche! ¡Hasta que te hayas tomado la sopa!

¡Anda, qué graciosos! ¡Como si alguna vez hubiera podido dormir en otro sitio que no fuera la cocina! Como si alguna vez le hubieran dejado pasar la noche sobre la moqueta del salón, tan calentita y espesa como el pelo de una oveja; o sobre el sillón de la entrada, con su remoto olor a vaca; o encima de la cama de Manzanita.

¿Las baldosas de la cocina? Gracias, ya las tiene muy vistas. No hay nada nuevo en el asunto. «Tip-tap, tip-tap», Pimienta sale de la habitación haciendo sonar sus tacones (tan ruidosos como ella) y, «¡clac!», la puerta se cierra. Y se instala el silencio. El largo silencio de la noche.

II. ¡Menudo ambiente!

NO es que esté falto de apetito. No es eso. No es que la sopa esté mala. Tampoco es eso. La sopa no está ni mejor ni peor que otras veces. Incluso, si la huele bien, parece despedir cierto olor a carne, aunque sea un olor muy, pero que muy remoto.

No; no se come la sopa porque está enfadado. Y está enfadado porque Manzanita está enfadada.

Cuando Manzanita se enfada no se come la sopa. Así que él tampoco. Nunca. Por solidaridad. Pimienta y Gran Almizcle nunca han relacionado los dos hechos. Carecen de imaginación.

De modo que, esta noche, Manzanita ha metido su cabeza entre los puños cerrados. Perro en seguida se ha dado cuenta de que iba a haber bronca. La niña, apretando las mandíbulas, sólo soltaba unas cuantas palabras desagradables, muy cortas, casi monosilábicas.

—No. No tengo hambre. No quiero. Me importa un comino.

Así contestaba a las preguntas de Pimienta, a las órdenes de Gran Almizcle, a las amenazas de ambos. Al final, Manzanita se ha ido a la cama sin comer nada y sin despedirse. Sólo ha dirigido una miradita a Perro —una miradita como ella sabe y sólo para él—, para que supiera que él no tenía nada que ver con su enfado.

«¡Vaya ambiente más tenso!», ha pensado Perro. Ha sacado un trapo seco del armario de la cocina y se ha tumbado encima, porque la verdad es que las baldosas están un poco frías. Ahora, con el hocico entre las patas, ante su sopa, que se ha quedado fría, intenta pensar. «Pues sí, ¡vaya ambiente más tenso que hay en esta casa desde hace algún tiempo!»

No sabría decir exactamente lo que está pasando, pero algo se cuece. Llevan dos o tres días así. Gran Almizcle y Pimienta lo miran con mala cara. Bajan la voz cada vez que Manzanita se acerca. Al final, evidentemente, Manzanita se ha dado cuenta. Y ahora es ella la que mira a sus padres con el rabillo del ojo. Total, los padres han empezado a rehuir la mirada de su hija, a farfullar, a poner excusas, como hace Manzanita con sus profesores cuando dice que se le ha extraviado la cartera o que se le ha olvidado aprender la poesía. Así que el ambiente parece más bien tenso. Y Manzanita lleva dos días sin comer. Éste es el panorama. «¿Qué está pasando?», se pregunta Perro. Hay una cosa de los humanos que siempre le ha molestado: son imprevisibles. No ocurre como con los perros: cuando meten el rabo entre las patas o se les eriza el pelo, nadie tiene problemas para entender lo que quieren decir; o con los gatos: con éstos, aunque pongan cara de buenos, siempre sabes más o menos cuándo te van a soltar un zarpazo; tampoco ocurre como con el tiempo. ¡Ay, el tiempo! ¡Nunca consiguió sorprender a Perro! Todos esos olores que cambian, esos insectos que se despiertan, esos pájaros que se lanzan a perseguirlos...; no, no hay nada menos traidor que el tiempo. Mientras que los humanos...

«Los humanos...», repite en su fuero interno. Pero ya no sabe dónde se había quedado en sus pensamientos. Las ideas se le vuelven confusas. Las palabras parecen envueltas en algodón. Se le cierran los párpados. «Bueno —piensa—, aquí está el sueño.» Intenta abrir un ojo. Pero sus patas ya están corriendo detrás de un sueño. «De acuerdo», suspira. Y se queda dormido.

III. Su nacimiento

SUS sueños, como todos los sueños de perro, le permiten revivir los mejores momentos de su vida. Los mejores y también los otros. En fin, su vida entera. Su vida entera, pero en desorden. Por ejemplo, las carreras que echaba con las gaviotas a orillas del mar, en Niza.

Tumbado sobre la arena, Gran Almizcle se burlaba de él.

—Fíjate en el grandullón ese. Se pasa la vida persiguiendo a las gaviotas y ni siquiera es capaz de pillar a una.

Tenía razón. Pero lo que Gran Almizcle ignoraba es que Perro sabía que nunca cogería a ninguna gaviota. Y las gaviotas sabían que no corrían ningún peligro con él. A pesar de todo, Perro seguía persiguiéndolas en las crestas de las olas y ellas seguían escapando delante de sus narices, alzando el vuelo con un grito chillón. Producían destellos de espuma al sol, eso sin hablar del centelleo blanco de sus alas bajo el azul del cielo. Era bonito. Era un juego. Perro aprovechaba cualquier ocasión para jugar, pues hasta entonces no había tenido una vida muy agradable.

Y si ahora, mientras duerme en la cocina, está gimoteando, si por los belfos le salen unos sollozos, si todo su cuerpo tiembla, tal vez sea porque se está acordando del principio de su vida de perro, de su niñez. Una niñez que no fue nada alegre.

Pertenecía a una familia de cinco hijos. Tres hermanos, una hermana y él. Nada más nacer, una voz humana que parecía venir del cielo y sonaba como un trueno sobre la caja de cartón que les servía de casa, dijo de forma clara:

—Vamos a ver: tres por cero, cero; tres por cero, cero; tres por cinco, quince: cinco y me llevo una; tres por tres, nueve, más uno diez; lo que nos da diez mil quinientas; más cinco mil pesetas por la hembra, ¡quince mil quinientas pesetas! Sacaremos, por lo menos, quince mil quinientas pesetas.

Y la voz añadió:

—En cuanto a éste, es demasiado feo. Nadie va a querer cogerlo; mejor lo ahogamos ahora mismo.

Notó que una enorme mano se apoderaba de él, lo levantaba por los aires a una altura vertiginosa y

lo hundía en un cubo de agua muy fría. Se puso a patalear, a llorar, a chillar; se estaba ahogando exactamente igual que ahora, cuando patalea, chilla, llora, mientras está dormido.

IV. Hocico Negro

¿QUÉ pasó luego? ¿Se desmayó? Misterio. Sólo se acuerda de una cosa: la caricia del sol una mañana; una profusión increíble de olores; las gaviotas dando vueltas por el cielo; y un hocico negro que, junto a él, se dedicaba a escarbar gruñendo entre las latas de conserva, los neumáticos viejos, los colchones despanzurrados, los zapatos rajados, en fin, entre la basura.

—¡Menos mal que te decides a abrir los ojos! —dijo Hocico Negro inclinándose sobre él—. ¡Ya era hora! ¡Desde luego, no eres muy guapo, pero sí fuerte! Pocos consiguen sobrevivir cuando quieren ahogarlos, ¿sabes?

Recibió un cariñoso lengüetazo; luego, Hocico Negro siguió diciendo:

—Bueno, pues, ya que tienes abiertos los ojos, aprovecha para echar un vistazo alrededor tuyo y aprender rápido. No voy a estar siempre alimentándote: soy vieja y estoy cansada; antes que a ti, he criado a más de diez. Yo creo que ya está bien, ¿no?

A pesar de todo, le dio otro lengüetazo y le dejó mamar un trago de leche muy rica, con un pronunciado sabor a avellana que nunca olvidaría. Nunca.

Aprender, aprendió rápido. También hay que decirlo: el vertedero de Villanueva, situado cerca de Niza, era una escuela de primera. Alguien había juntado en aquel lugar todas las tentaciones, todos los placeres y todos los peligros con los que se cruza cualquier perro a lo largo de su vida.

Primero estaban los olores. ¡Era increíble la cantidad de olores que había allí! Iban envolviendo a Perro, sobrevolaban su cabeza, se retorcían como serpientes, se entremezclaban... ¡Como para volverle a uno loco! Perseguía uno —algo así como un olor a tocino—, con esmero —«Piensa», gruñía Hocico Negro. «Concéntrate.»—, con el hocico pegado al suelo, y luego, de pronto, sin saber ni cómo ni por qué, se encontraba siguiendo el rastro de otro —un fuerte olor a escorpina que había terminado su vida en una sopa de pescado—. Después se sentaba desconcertado, dejándose caer sobre el trasero como hacen todos los cachorros.

—¡No te quedes embobado!

En seguida volvía al tajo y echaba a correr todo seguidito, pero persiguiendo un tercer olor. De modo que estaba hecho un lío: volvía atrás, daba vueltas y revueltas, súbitamente echaba a correr, se paraba en seco, de nuevo echaba a andar, titubeando igual que si estuviera borracho, y de repente se quedaba dormido, completamente agotado. Cuando se despertaba, Hocico Negro estaba lamiéndole cuidadosamente las heridas.

—¡Vaya chapuzas! Te has arañado el hocico con una lata de conservas y te has cortado con un casco de botella. ¿Es que no puedes mirar dónde metes las patas?

Poco a poco aprendió a aclararse en el enredo de olores, e incluso se convirtió en especialista. ¿Por qué no decirlo? Se convirtió en «el mejor especialista» de todos los perros del vertedero. Hasta los más viejos venían a preguntarle:

—Oye, estaba siguiendo el rastro de un hueso de vaca, uno de esos con tuétano, de los de cocido, y acabo de perderlo. ¿Tú no sabrás dónde…?

—Detrás del neumático de tractor; allí, junto a la máquina de escribir —contestaba Perro sin esperar siquiera el final de la pregunta.

Pero el vertedero también tenía sus peligros. Aparte de todo lo que corta, de todo lo que pincha, de todo lo que quema, de todo lo que está más o

menos envenenado, estaban las ratas, los gatos —que, por suerte, la mayor parte del tiempo se dedicaban a pelearse entre ellos — y los demás perros.

Por lo general, un olor pertenecía al que lo había encontrado. No había posibilidad de equivocarse. Si otro perro estaba siguiendo un rastro, lo primero que olías era el olor de ese perro. En tal caso, había que buscar otro olor. Era la norma. Pero, para conseguir una buena pista, algo que valiera la pena —el hueso de una pierna de cordero, por ejemplo—, había que levantarse muy pronto, estar cuando llegaba el camión de la basura y ponerse a trabajar inmediatamente. Lo que ocurre es que por todas partes crecen vagos, gente a la que no le gusta levantarse pronto, gente que prefiere que los demás hagan el trabajo y que escoge el momento oportuno para llegar, erizando el pelo, enseñando los colmillos y amenazando con la mirada. Ya lo habían intentado con él una o dos veces, pero Hocico Negro había intervenido. La gente le tenía respeto a Hocico Negro. Le tenía miedo. Había que ver cómo se acobardaba el ladrón cuando estaba ella, cómo salía corriendo con la cabeza agachada y con el rabo entre las piernas.

—¡Pero bueno…!

No es que le quedaran muchas fuerzas. Era vieja. Sin embargo, tenía su reputación, y eso es lo que importa.

Por desgracia, había otros muchos peligros. El momento más peligroso era justamente la llegada de los camiones de la basura. Era a la vez el mejor y el peor momento. Tan peligroso que muchos perros se negaban a presenciar la avalancha.

—No cabe otra solución —afirmaba Hocico Negro—. Si quieres conseguir los desperdicios más interesantes, hay que estar aquí, al pie del vertedero, y fijarse bien en lo que va cayendo.

¡Dios mío, lo que podía caer! ¡Y había que ver la altura desde la que caía!

—Si te pones tan arriba, no verás nada; tienes que mirar desde abajo para dar tiempo a que se desparrame. ¡Y cuidado con los objetos contundentes!

—¿Con qué?

—Con todo lo que pesa, todo lo que sea de hierro, de madera; puede aplastarte. Hay que sortearlo, dar saltos a la derecha, a la izquierda, pero sin despistarse para poder localizar los despojos de carne que caen en paquetes.

Lo había enseñado a saltar. Seguía teniendo una agilidad increíble.

—Lo que cuenta en la vida no es la fuerza. ¡Lo que cuenta es el arte del regate!

—¿El qué?

—¡El regate! ¡El arte de esquivar los golpes bajos! ¡Cuidado con ese somier!

El somier vino a estrellarse justo detrás de ellos, mientras los muelles soltaban una especie de maullido. ¡La verdad es que algunas mañanas daba la impresión de que se te caía encima la ciudad entera! ¡Como si los camiones de la basura fueran casas y las casas estuvieran vaciándose por completo! Allí había camas, armarios, sillones, televisores que estallaban en cuanto tocaban el suelo. ¡Un verdadero volcán!

Por mucho cuidado que se tenga, nadie está libre de sufrir un accidente. Por muy feliz que uno sea en la vida, nadie está libre de que le ocurra una desgracia. (Y viceversa, por suerte.)

Y eso fue lo que ocurrió una clara mañana de verano. El mistral había estado soplando durante toda la noche. El cielo estaba limpio como una fuente de acero inoxidable bien relamida. Perro y Hocico Negro se habían despertado muy pronto, al alba, y estaban de buen humor. Les gustaba el verano. Primero porque les gustaba el calor, pero también porque el verano, en la Costa Azul, era la temporada de los turistas; así que era la época en que mejor comían los habitantes del vertedero. Por los restaurantes.

De modo que allí estaban Perro y Hocico Negro,

sentados al pie del vertedero, esperando pacientemente. Oyeron a lo lejos el zumbido de los motores y poco después vieron una nube de polvo detrás de los árboles que bordeaban la carretera. Luego aparecieron los camiones de la basura. No tardó en escupir el volcán y caer la avalancha.

¿Cómo ocurrió? Muy deprisa. Fue un accidente, una mala pata. Habían sorteado todos los peligros. Habían localizado los sitios interesantes. Y, sin embargo, ocurrió. La cosa salió del volquete. Era enorme y blanca. De hierro. Rebotó sobre un montículo y salió disparada girando por el aire con todo su peso.

—¡Cuidado con esa nevera! —avisó Hocico Negro.

Y, mientras Perro se apartaba de un salto riéndose, Hocico Negro dio un brinco hacia adelante para que la nevera cayera detrás de ella. Y allí cayó. Por desgracia, el aparato tenía una puerta, y la puerta se había descolgado. Hocico Negro no la había visto porque se lo había impedido el cuerpo de la nevera. Fue esa puerta lo que la mató. Al ver a Hocico Negro tumbada y jadeante, Perro creyó que le estaba gastando una broma. Se puso a dar vueltas alrededor de ella mientras ladraba y movía el trasero.

—Deja de hacer el indio —le susurró Hocico Negro—; no es el momento.

Perro se paró en seco, y por primera vez en su vida notó algo así como que una descarga helada le recorría el lomo: el verdadero miedo. Sin embargo, consiguió acercarse. Hocico Negro ya sólo hablaba en balbuceos.

—Si te vas a la ciudad —dijo—, ten cuidado con los coches. El regate, chiquitín, el reg…

V. ¿Un ama?

«UNO no se queda en el lugar donde ha ocurrido una desgracia —pensaba Perro—. Hay que irse.» Pero al mismo tiempo se decía: «Nunca volveré a ser tan feliz como aquí».

Los demás se habían reunido con él. Lo dejaban llorar sin decir nada. Estaban allí; eso era lo importante. Los camiones de la basura se habían marchado y, en el silencio, lo único que se oía era el llanto de Perro. Un tren pasó por encima del vertedero y soltó un largo pitido que parecía una queja. «¿Por qué me hablaría de la ciudad?», se preguntaba Perro mientras lloraba. Desde que se conocían, sólo le había hablado de la ciudad dos o tres veces, y nunca había desarrollado el tema. Un día, Perro le preguntó:

—¿Tú conoces la ciudad?

—Sí, conozco la ciudad.

Silencio.

—¿Está bien?

—Es como todo; hay cosas positivas y negativas.

Silencio.

—¿Por qué no te quedaste allí? ¿Por qué te viniste a vivir al vertedero?

Hocico Negro se quedó dudando un rato. Una sombra le pasó por los ojos. Luego dio una extraña respuesta:

—Porque, como decía mi ama: «No se puede ser y haber sido».

Perro intentó comprender; luego, preguntó sorprendido:

—¿Tuviste un ama?

—Tuve un ama.

—¿Era simpática?

En ese momento, ella se quedó callada durante un buen rato, antes de contestar con una voz muy cambiada, una voz llena de recuerdos, de ternura, de misterio, de admiración, de complicidad, de pena, y de muchos otros sentimientos mezclados:

—¡Muy simpática!

Después añadió toda orgullosa:

—La tenía bien amaestrada...

Seguramente por eso le había hablado de la ciudad antes de morir. Para que también él fuera allí a buscarse un ama y pudiera pasar junto a ella su vida perruna. Abarcó el vertedero con una mirada y observó después a los perros que se habían acercado. Desde luego, no era un espectáculo muy relumbrante: ¡esas orejas rotas, esas patas torcidas, esas calvas producidas por la peladera, esos ojos a la funerala, esas pulgas tan numerosas que se las veía saltar al sol, y sobre todo, sobre todo, esa expresión de soledad en todas las miradas!

—De acuerdo, Hocico Negro —prometió—; voy a ir a la ciudad y me buscaré un ama.

De modo que a nadie extrañó que abandonara el centro del círculo que sus amigos habían formado. Lo vieron subir la colina del vertedero y coger la carretera bordeada de árboles sin mirar atrás ni una vez. Seguía llorando, pero no miraba atrás.

—Cuando hayas decidido algo, nunca te eches atrás —le había aconsejado Hocico Negro.

Y había precisado:

—¡La indecisión es la peor enemiga del perro!

VI. La ciudad

SI ahora, mientras duerme, mueve las patas; si resopla como una foca; si se le acelera el pulso, es porque Perro está yendo a la ciudad. Recuerda perfectamente aquel viaje. ¡Qué lejos quedaba la ciudad! Pero no resultaría difícil encontrarla. Bastaría con seguir el túnel de olores que los camiones de la basura habrían abierto en el aire de la mañana. Cada vez que un coche venía hacia él, «¡hop!», Perro daba un saltito de costado: el regate. Luego se metía otra vez en el túnel de los olores. Andaba a pasitos cortos de cachorro, pasitos rápidos de agujas tricotando. No se detenía, no descansaba. Ya no lloraba. Sólo pensaba en una cosa: llegar a la ciudad, encontrar un ama, tal como Hocico Negro le había aconsejado. De repente, el túnel de los olores se dividió en dos. Perro se quedó dudando un instante y eligió el de la izquierda. Caminaba con el hocico pegado al suelo, increíblemente determinado. El túnel se volvió a dividir. Esta vez cogió el de la derecha. Luego, otra vez a la izquierda, y de nuevo a la derecha. Finalmente se dio cuenta de que el túnel había desaparecido, de que los olores se habían dispersado a su alrededor. Sólo entonces levantó la cabeza, se sentó sobre su trasero, sacó una lengua larguísima, y respiró hondo. Estaba en el corazón de la ciudad.

Era una ciudad muy grande. Estaba llena de casas, de coches, de habitantes y de turistas. Era Niza. Con tanta gente no le resultaría difícil encontrar un ama. Pero de momento tenía hambre. Cada cosa a su tiempo. Levantó el hocico y olfateó profundamente, abriendo las narices todo lo que podía. Percibió como cuarenta olores. Los reconoció todos. Más frescos que en el vertedero, claro está, pero se trataba de los mismos. Los mismos. No le cabía la menor duda.

—O sea que esto es la ciudad... Es igual que el vertedero pero más grande, más desparramada y más fresca.

Se dedicó a clasificar los olores uno por uno, desechando los de caucho, gasolina, naranja, flores, zapatos... De repente se le dilató la aleta derecha, se le levantó la ceja izquierda y se le hizo la boca agua.

Había encontrado lo que estaba buscando: un delicioso olor a carne. ¡Y además parecía encontrarse muy cerquita! La carnicería no tenía que andar lejos.

Efectivamente, allí estaba, al otro lado de la calle. Pero el carnicero pesaba unos cien kilos, y su aspecto daba miedo: llevaba cuchillos colgando por todas partes y un mandil que parecía una muralla. Estaba a la puerta de la tienda, y sus manos, apoyadas en las caderas, parecían mazas.

«Ten cuidado con los humanos, son imprevisibles —le recordó la voz de Hocico Negro.»

Se había sentado en la acera, justo enfrente del carnicero. Estaba mirándolo. Se le caía la baba. ¡Qué olor! ¡Qué carne! ¡Y qué hambre!... De cuando en cuando pasaba un coche que le impedía ver al carnicero. Esperaba que, una vez hubiera pasado el coche, el carnicero hubiera desaparecido. Pero no, allí seguía, más temible que nunca. Y también el olor seguía allí, incrustado en sus narices, llenándolas, impidiendo que ningún otro entrara. Lo tenía borracho. Sus babas formaban ahora un verdadero charco en la acera. El olor, el carnicero; el carnicero, el olor...

«Tengo que tomar una decisión.» Hocico Negro estaba en lo cierto: «Te lo piensas, te decides y ya no le das más vueltas». Se concentró. Observó cuidadosamente al carnicero. Y se fijó en un detalle: quedaba un espacio pequeño y cuadrado entre las piernas del carnicero y el final del mandil. Lo justo para que pudiera pasar un perro de su tamaño.

«Veamos: cruzo la calle corriendo, me escurro entre sus piernas, me abalanzo sobre el primer trozo de carne que encuentre, y vuelvo por el mismo camino. Es gordo, pero yo soy rápido y no me alcanzará. Incluso puede que, con algo de suerte, ni se dé cuenta.»

Evidentemente no le salió como había previsto. Echó a correr tal como tenía pensado, pero, en cuanto estuvo en mitad de la calle, ocurrieron un montón de cosas terribles al mismo tiempo. Primero oyó un chirrido que lo dejó clavado en el sitio, luego vio que el carnicero venía corriendo con sus manos llenas de sangre tendidas hacia él, después se encontró aplastado contra su enorme pecho, y por fin oyó una voz que le tronaba en los oídos:

—¡Pero bueno! ¡Qué es esto! Qué quieres, ¿atropellar a nuestros perros? ¿Y además protestando? ¡A que todavía me enfado! ¡Largo de aquí!

Hubo otro chirrido. Eran los neumáticos del coche que arrancaba... Del coche que había estado a punto de atropellar a Perro.

Ahora el carnicero lo había levantado y lo miraba a los ojos.

—Y tú, ¿quién eres? ¿De dónde sales? ¿Cómo te

llamas? No eres precisamente bonito, ¿sabes? ¿Tienes hambre?

¡Menos mal! El carnicero le dio un hueso hermoso que todavía tenía carne. Dejó que se lo comiera tranquilamente instalado en medio de la carnicería, sobre el serrín. Luego le dejó hacer la digestión. Perro se quedó dormido mientras oía al carnicero contando su historia a todas las clientas:

—¡Le pregunté si lo que pretendía era atropellar a nuestros perros! Le pregunté también si le parecía bonito, si quería que me enfadara...

Cuando, unas cuantas horas después, Perro se despertó, el carnicero estaba bajando el cierre metálico de la tienda. Antes de echar la llave, miró a Perro.

—Bueno, ¿qué haces? ¿Te quedas o te vas?

Perro se acercó. Lo que estaba buscando no era un amo sino un ama. Era una lástima. Arañó con la pata la chapa metálica.

—¿O sea que te vas? Pues, anda, y que lo pases bien...

No había disgusto en la voz del carnicero. Tampoco tristeza. Sólo un tono que parecía decir: «Conmigo, cada uno hace lo que le apetece. Eso es la libertad». Sin embargo, añadió en tono mucho más serio:

—¡Pero no te dejes atropellar! ¡A ver si aprendes!

VII. ¡Cuidado con la rata!

«SI todos son como éste, no voy a tener problemas para encontrar un ama», se dijo Perro. Y se puso a seguir a la primera mujer que pasó; sin recelo, como si la conociera de toda la vida. La mujer tenía unas largas y bonitas piernas, despedía una agradable fragancia a violetas, y los tacones de sus zapatos hacían «tip-tap», como más tarde los de Pimienta. Tardó en darse cuenta de que la estaba siguiendo. Se paraba delante de una tienda, Perro se paraba junto a ella. Se quedaba pegada a un escaparate, Perro también, pero más abajo. Ella miraba con ganas las mercancías, él husmeaba con ansia algunos olores. «Debería funcionar entre ella y yo —pensaba Perro—: tenemos los mismos hábitos.» La mujer echaba a andar, él también echaba a andar, moviendo la cola y pegando el hocico a sus tacones. Y así estuvieron hasta que la mujer se paró delante de una frutería. La fruta no era lo que Perro prefería, pero en la parte inferior del puesto los olores eran interesantes; unos olores verdes que los perros del campo habían depositado allí. La mujer escogió un tipo de melocotones especialmente vellosos. Perro optó por un olor concreto, especialmente delicado. La mujer sacó su monedero para pagar. Perro levantó la pata para cooperar. Y eso fue el principio de todo.

—¿Es suyo el chucho ese? —chilló el tendero asomando su rostro enrojecido por encima del mostrador.

—¡Qué va! —exclamó la mujer.

—¿Cómo que «qué va»? ¡Si la viene siguiendo desde la otra punta de la calle!

—¡Pero si le estoy diciendo que no tengo nada que ver con él! —La mujer empezaba a enfadarse pero mantenía la compostura.

—¡Menuda cara! —gruñó el tendero—. ¡Le costará cien francos más por la caja de melocotones sobre la que acaba de echar una meada!

—¿Qué? ¿Cómo? ¡Que llamen a un guardia! —protestó la mujer, a punto de desmayarse.

—¡Eso, que llamen a un guardia! —asintió el tendero, y salió corriendo a la calle.

Como ya se sabe, los guardias llegan en cuanto se les llama.

—¿Es suyo el perro ese? —preguntó el primer guardia mientras sacaba un lápiz.

—Ella dice que no para no tener que pagar los melocotones —contestó el tendedero con una sonrisa socarrona.

—Usted, conteste cuando se le pregunte —indicó el segundo guardia sacando un cuadernillo.

—Pero si le estoy diciendo que este perro no es mío... —lloriqueaba la mujer.

—Por cierto, ¿de qué perro se trata? —volvió a preguntar el primer agente.

Alrededor de la tienda se habían congregado como unos doce perros; eran todos unos entendidos en temas urbanos, parecían muy interesados por la discusión y empezaban a hacer apuestas.

—Una pata de pollo a que eso termina en pelea colectiva —profetizó el viejo bóxer del dueño de la zapatería del barrio.

—¡Qué va! La poli va a empapelarlos a los dos y ya está —dijo el lulú de Pomerania del panadero, un perro que presumía de sabérselas todas.

—¡En absoluto! Como siempre, mucho ruido pero pocas nueces —soltó el galgo del anticuario en tono de aburrimiento.

—¡Eh, gran danés! Que te he visto: ¡tú has sido el que ha orinado en los melocotones!

La voz que acababa de hablar provenía de lo

alto. Era el chihuahua de la coronela, que, como siempre, desde la terraza hacía rabiar al danés del de la compañía de seguros:

—¡Atrévete a bajar, renacuajo! ¡Atrévete a bajar si eres un perro! ¡Sal a la calle y nos veremos las caras!

Perro —nuestro perro—, evidentemente, había aprovechado la confusión para escabullirse.

«Buscar un ama por la calle no es método —pensaba—: hay demasiada gente. Conocer a una persona requiere más intimidad.»

Justo cuando se le estaba ocurriendo esto, pasó por delante de una puerta abierta por la que se escapaba un delicioso olor a sopa de pescado. La habitación en la que entró estaba vacía. También entonces se acordó del vertedero. Eran los mismos muebles, aunque los de aquí (el armario, el sofá, el televisor, el aparador) estaban colocados contra las paredes y eran relativamente nuevos.

«O sea que esto es una casa —se dijo Perro—. Es lo mismo que el vertedero pero más ordenado.»

Decidió acostarse sobre el sofá y esperar a que apareciera alguien. Además decidió simular que estaba durmiendo, como si se encontrara en su propia casa: metió el hocico entre las patas y se quedó con un ojo abierto para poder examinar a la primera persona que entrara.

Apareció una señora gorda y rubia; tenía una tez lozana, unas mejillas tersas; llevaba la camisa arremangada sobre sus brazos sonrosados y andaba moviendo sus orondas caderas. Olía a platos recién fregados y tenía dos ojitos azules que parpadeaban tras un enorme par de gafas.

«Parece simpática —pensó Perro.»

Al principio ni lo vio. Se agachó delante del aparador y cuando se incorporó llevaba entre las manos una pila de platos. Se dio la vuelta y se dirigió hacia la mesa, que presidía el centro de la estancia. De repente se detuvo a mitad de camino. Pareció estar dudando durante un rato, se dio la vuelta otra vez, abrió sus ojitos de par en par, arrugó la nariz, frunció el ceño y abrió una boca inmensa: acababa de ver a Perro. ¡Vaya ruido hizo la pila de platos al caer! ¡Un ruido increíble! Perro no se lo esperaba y, del susto, pegó un salto hasta el techo. Cuando volvió a caer encima del sofá, la señora gorda se había subido a una silla.

—¡Una rata! —gritó—. ¡Una rata! ¡Leoncio, corre, hay una rata! ¡Corre! ¡Coooorre!

«¿Una rata? —pensó Perro—. ¿Dónde?»

Y se le erizó el pelo de todo el cuerpo, porque de ratas sabía un rato y no le daban miedo. No estaría nada mal si pudiera empezar la vida junto a su ama acogotando una rata. Así que puso la cara más inquietante que pudo. Retorció los belfos, sin un ruido, y enseñó unos colmillos finos, puntiagudos y relucientes como puntas de acero. La señora gorda y rubia abandonó la silla para subirse a la mesa.

—¡Leoncio, por favor, corre! ¡Rápido! ¡Es enorme, enooorme!

Leoncio no pesaba más de cuarenta kilos, pero venía provisto del mango de una escoba y sus ojos despedían rayos.

—¿Dónde? ¿Dónde está? —gritó irrumpiendo en la habitación.

—Ahí, encima del sofá —contestó la rubia señalando a Perro con un dedo tembloroso.

Se salvó del primer escobazo por los pelos; esquivó el segundo y el tercero corriendo por toda la habitación, saltando a la derecha, a la izquierda, tal como Hocico Negro le había enseñado, mientras la escoba hacía trizas un jarrón de flores, despachurraba el teléfono, rompía dos cristales de un golpe... Finalmente, Perro decidió irse, convencido de que nunca conseguiría hacer entender a aquellos dos pirados que él no era ninguna rata. Salió por la puerta corriendo, corriendo pero con decoro.

Hacía ya tiempo que la noche había caído sobre la ciudad. Las casas se habían tragado a sus habitantes. Los coches se habían dormido a lo largo de las aceras. Perro estaba andando solo por las calles. La luz amarilla de las farolas le proyectaba una sombra muy negra. Y Perro se decía: «De haberlo sabido, me habría quedado con el carnicero.» ¡Los humanos eran verdaderamente imprevisibles! Con ellos nada ocurría nunca como era de esparar. Los olores también se habían dormido. Yacían a ras del suelo, moviéndose ligeramente, pues así duermen los olores. El soplo salado del mar cercano los cubría como una manta.

Perro andaba como sonámbulo. Sus patas no hacían ruido. «Bueno —pensó—, ya está aquí el sueño.» Escogió el más confortable de los maceteros de la plaza Garibaldi, se cavó un huequecito entre los geranios, dio seis vueltas sobre sí mismo y se acurrucó suspirando. «Pero, antes de quedarme dormido, tengo que tomar una decisión.» Estuvo pensando un ratito. El campanario, en lo alto de la ciudad vieja, dio las doce de la noche. «De acuerdo —decidió—, mañana me vuelvo donde el carnicero. No es un ama, pero seguro que Hocico Negro estaría de acuerdo conmigo. Además, quién sabe, a lo mejor está casado...»

VIII. ¡Vaya mañana más deliciosa!

SE despertó con el sol. Ésta era una costumbre que, por cierto, nunca perdería: levantarse temprano, como en tiempos del vertedero, para no dejar escapar la ganga. La ciudad también se despertaba poco a poco. Realmente era una ciudad bonita, con sus geranios, sus naranjos, sus casas de color ocre y su cielo tan azul. Los olores ya estaban subiendo por los aires. Perro buscó el del carnicero. Tardó cierto tiempo en encontrarlo, pues se había alejado bastante de la carnicería por seguir a la mujer. Descartó un primer olor que correspondía a una tienda especializada en carne de caballo, otro que provenía de una con carne de mala calidad; dudó en seguir un tercer olor que pertenecía a una charcutería; y finalmente optó por el último, el más lejano, el más pdelicado. Acababa de reconocer, aparte de un sano olor a carne rica en hierba y en espacios libres, el olor del propio carnicero.

Era una delicada fragancia a lavanda en la que Perro se había fijado cuando el otro lo tenía abrazado contra su pecho. «¡Qué cosa! —estaréis pensando—. ¡Habrá muchas personas con olor a lavanda en Niza!» Pues sí. Aunque la verdad es que no hay muchos carniceros que huelan así. Por lo general huelen a perejil. Aquel fuerte olor a vaca pastando en un prado, mezclado con una delicada fragancia a lavanda, no podía pertenecer más que a su carnicero. Así que no lo dudó y emprendió el camino, con el olfato en ascuas, muy concentrado, como de costumbre.

Caminaba contra el viento para no perder su rastro. No se fijaba lo más mínimo en lo que ocurría a su alrededor.

«Cuando sigas una pista, no te dejes despistar», le susurraba Hocico Negro en alguna parte de su memoria.

Y sin embargo, a su alrededor, el espectáculo no carecía de interés. Las porteras estaban barriendo las entradas de las casas, mientras los camiones se tragaban las basuras como si tuvieran mandíbulas en la parte trasera. ¡Y había que ver qué mandíbulas! Lo mezclaban todo (carne, tela, zapatos, embalajes de plástico...), y lo trituraban con un espantoso ruido de chatarra. Mientras los camiones de la basura se tomaban su desayuno, otros avanzaban lentamente haciendo girar sus cepillos circulares y disparando chorros de agua. Era una ciudad turística, una ciudad que, como decía el señor alcalde, debía ofrecer «buena cara», incluso lucir de punta en blanco. De modo que todas las mañanas la limpiaban, le sacaban brillo, la adornaban con flores.

«Cualquiera diría que por aquí se dedican a eliminar los olores», refunfuñaba Perro, intentando no perder el rastro de su carnicería.

Iba diez veces más concentrado que de costumbre. Por eso, sin duda, no se dio cuenta de que se acercaba una camioneta gris. También hay que decir que la camioneta no hacía ningún ruido. Llevaba ya algún tiempo detrás de él, siguiéndolo con el motor apagado, tan silenciosa como un lucio detrás de su presa. Y tan amenazadora. En fin, que no la oyó. Era demasiado tarde cuando la red le cayó encima.

—¡Otro más!

Perro mordió una mano. Pero estaba cubierta con un fuerte guante de cuero. Se abrió una puerta metálica. Tiraron a Perro dentro de un agujero negro. La puerta se cerró de golpe y el conductor volvió a arrancar el motor.

IX. En la perrera

—¡OSEA que a ti también te han cazado! —dijo una voz en la oscuridad.

Perro tardó un rato en distinguir al que acababa de hablar.

—Sin embargo, eres joven —siguió diciendo la voz—. Tienes que ser ágil, podías haberte escapado.

—Justamente por eso —dijo otra voz, gruñona y gangosa—. ¡Los jóvenes no se enteran! No miran dónde se meten y terminan en chirona sin saber cómo.

—Entonces, ¿qué haces tú aquí metido si eres tan listo? —preguntó la primera voz en tono cansado.

—Lo mío no es igual —chilló la segunda voz—. ¡A mí me cogieron mientras dormía! ¡Y puedes creerte que yo no me voy a quedar mucho aquí!

En cuanto se tercie, ¡hop!, si te he visto no me acuerdo; me largo...

—Bueno, bueno; todos decís lo mismo —objetó la primera voz, que pertenecía a un perro lanudo tumbado en el fondo de la camioneta—. Veremos cómo salimos de ésta...

—¿Adónde vamos? —preguntó por fin Perro al lanudo.

—¡Y encima ni sabe adónde vamos! —exclamó Gangoso—. ¿De dónde sales, tío? ¿De dónde han sacado a este cretino?

—¡Déjalo en paz!, ¿quieres? —gruñó Lanudo enseñando los colmillos en la penumbra.

Luego, se dirigió a Perro:

—Nos llevan a la perrera.

—¿Por qué? —preguntó Perro, que hubiera querido que le explicaran lo que era la «perrera», pero no se atrevía a hacer todas estas preguntas de un golpe.

—¡Pregunta por qué! ¡Estaré soñando! ¡«Por qué», pregunta!

Y de repente, Perro oyó la voz de Gangoso recitándole al oído:

—Bando municipal del 1 de julio de este año: *«Con objeto de preservar la limpieza de nuestra ciudad, y teniendo en cuenta el incremento de perros vagabundos que perjudican al turismo, los servicios municipales competentes procederán todos los días a recoger los mencionados perros. Si, en el plazo de tres días, el propietario del animal no lo reclama…* ¡Cuig!…

—El último término es de mi cosecha —susurró Gangoso con una sonrisa espantosa—. Queda menos oficial, pero viene a decir lo mismo.

Todos permanecieron callados. La camioneta producía un ruido enorme. De vez en cuando, el motor se paraba. Entonces oían cómo se deslizaba sobre los neumáticos mientras iba frenando despacito. A veces se detenía bruscamente, se abría la puerta y aparecía la silueta de un perro al que arrojaban dentro.

—¡Se trata de un error! ¡Protesto! ¡No saben con quién están tratando! —se desgañitaba el recién llegado, lo que divertía mucho a Gangoso.

En otras ocasiones, el recién llegado, medio dormido, ni siquiera protestaba. O sólo decía:

—¡Hola, amiguitos! Vaya forma más encantadora de despertar al personal, ¿no os parece?

Y preguntaba:

—¿Cuál es el plazo?

—Tres días —contestaba Lanoso.

—Y después, ¡cuig! —precisaba Gangoso.

Pero también había veces en que la camioneta arrancaba de nuevo sin que se hubiera abierto la

puerta. Entonces se armaba un jaleo espantoso, y Gangoso chillaba más fuerte que los demás:

—¡Han fallado! ¡Han fallado! ¡Qué tíos más patosos! ¡Que los despidan! ¡Habráse visto cazadores de perros más malos! ¡Mejor que se dediquen a cazar tortugas! ¡Han fa-lla-do! ¡Han fa-lla-do! ¡Qué malos son! Qué estáis persiguiendo, ¿caracoles, babosas? ¡Han fallaaado! ¡Han fallaaado!

Hasta Lanudo chillaba. Luego, el alboroto disminuía, disminuía y finalmente cesaba.

Porque, al fin y al cabo, la situación tampoco era como para tomársela a guasa.

X. El verdadero miedo

LA perrera no era un lugar divertido. Éste es el peor recuerdo de su vida. Perro siempre se pone a chillar en medio de la noche cuando llega a ese momento de su sueño. Entonces, Gran Almizcle se despierta sobresaltado y refunfuña: «¡Otra vez Perro soñando! ¡Ya está bien!». En realidad, lo que Gran Almizcle tiene es miedo. Ese profundo grito que surge desde la memoria de Perro le hiela la sangre. Así que Gran Almizcle despierta a Pimienta para sentirse menos solo.

—¿Qué pasa? ¿Qué ocurre?

—Es Perro; está soñando —dice Gran Almizcle en voz baja.

—¡Otra vez! —exclama Pimienta—. ¡Desde luego, ya está bien!

Pimienta no habla: chirría.

En cuanto a Manzanita, sigue durmiendo. Duerme como duermen los niños, un sueño que ni un cañonazo podría interrumpir.

Y Perro está encerrado en la cocina. Solo con su sueño. Solo con el recuerdo de la perrera.

¡Qué escándalo cuando entraron en la perrera! ¡Cómo retumbaban las voces en aquel cobertizo de hierro y aquel piso de cemento!

Todos los que ya estaban allí dentro se habían pegado a los barrotes de las jaulas. Los ladridos venían de todas partes:

—¡Eh, chicos! ¡Ya están aquí los nuevos!

—Todo un detalle, eso de venir a hacernos compañía.

—¡Hombre, Gangoso! ¿Qué pasa, tío broncas, otra vez te han cogido?

—¡Tres días! ¡Tres días!

—¡Viva el alcalde!

—¿Es que no os gustaba el rancho ahí fuera?

Etcétera, etc.

Todo para dárselas de machos, para mostrar que no tenían miedo. Pero, al igual que en la camioneta, en seguida volvía el silencio, y, detrás de ese silencio, escondido bajo varias capas de orgullo, acechaba el verdadero miedo, el que Perro había conocido ante el cuerpo inmóvil de Hocico Negro.

Perro intuía ese miedo oculto en todas las conversaciones que oía a su alrededor.

—Yo no voy a quedarme mucho tiempo —decía una voz—. Es sólo un control de identidad.

—Yo, al primero que intente tocarme, ¡le pego un mordisco! —gruñía otra voz.

—A mí me importa un pimiento... De todas formas, con la vida que llevamos...

Y lo más terrible —Perro se daba cuenta de ello— es que ninguno pensaba de verdad lo que decía.

También los había que hablaban solos, incansablemente:

—¡La limpieza de la ciudad, dicen! ¡Eso sí que es bueno! ¡Como si nosotros fuéramos responsables de la contaminación de la ciudad! ¡Con todo ese humo que sus coches nos sueltan en el hocico! ¡La rabia, dicen! ¡Pero si los que tienen rabia son ellos! ¡Se pasan el tiempo peleándose! Anteayer, en la calle Gioffredo, vi a dos que llegaron a las manos por un asunto de aparcamiento...

—Tienes razón, los que tienen rabia son ellos —intervino otra voz—. ¡La semana pasada hasta me mordió uno!

Se oyeron algunas risas.

—¡Pero si es verdad, os lo aseguro! Un amiguete de mi amo, según creo. Me acerco sin desconfiar, le tiendo la pata y, ¡toma!, ¡me pega un mordisco!

—¡Bueno, ya está bien; a ver si os calláis!

En ese momento, todos se callan. Prueba de que el verdadero miedo está ahí. Prueba de que nadie tiene verdaderas ganas de hablar. Prueba de que todos están preocupados por su pellejo.

Y pasaban las horas. Los que tenían un amo se sobresaltaban cada vez que se abría el portón. Pegaban el hocico a los barrotes. A veces, en efecto, se trataba de un amo. ¡Había que ver los abrazos que daba a su perro al reencontrarlo! Resultaba difícil decir quién de los dos se alegraba más. El perro, atado con una correa, daba brincos, mientras el amo no paraba de llamarlo. Y venga besos, venga caricias, venga lametazos; ¡en fin, cosas del amor!

—Es un perro de raza, claro —observaba Lanudo, que estaba encerrado en la misma jaula que Perro y que Gangoso, además de todos los que los habían acompañado en la camioneta.

—¿Qué es un perro de raza? —preguntó Perro.

—Algo que se inventaron los humanos —contestó Gangoso en tono despectivo—. Algo completamente artificial. Coges, por ejemplo, a un perro muy veloz, como el galgo; a uno muy fuerte, tipo mastín; y a otro muy resistente, como el *foxterrier* inglés, lo mezclas todo, y, ¡hop!, ya tienes un *dobermann*. Una vez conseguido el *dobermann*, sólo lo cruzas con otros *dobermann*. El resultado se llama raza. A los hombres les chifla. Yo conocía algunos *dobermann,* y la verdad es que no eran nada del otro mundo. En todo caso, una pandilla de cretinos. ¡Y de un agresivo, de un pretencioso!...

—Tampoco hay que exagerar —aclaró Lanudo—. Yo tuve un amigo dobermann; era un tipo muy correcto.

—Puede haber excepciones —reconoció Gangoso—. Pero por lo general...

—Y tú, ¿tú eres un perro de raza? —preguntó Perro a Lanudo.

Lanudo esbozó algo parecido a una sonrisa.

—Yo soy un perro de todas las razas. Todos los perros son parientes míos. Hasta Gangoso, a pesar de que no se me parece mucho. Incluso tú, aunque no nos parecemos en nada.

—¿Y no tienes amo?

Su sonrisa desapareció de repente. Se produjo un silencio. Un silencio muy largo. Finalmente, Lanudo dijo:

—Tenía un ama...

Silencio.

—¿Y qué pasó?

Silencio.

—Que la perdí.

El sol estaba muy alto. Hacía un calor infernal debajo del gran tejado de zinc. Todos tenían la lengua fuera.

—¿Cómo es que la perdiste?

—Una noche me fui a dar un paseo y, al día siguiente, cuando volví, ya no estaba. El piso estaba completamente vacío. Se había cambiado de casa.

—Normal —dijo Gangoso—. Se fue con un hombre. A su hombre no le gustaban los perros y, al tener que escoger entre tú y él, se quedó con él.

—Todo es posible —contestó Lanudo.

—¿Pero no intentaste seguirle la pista? —se extrañó Perro.

—¿Para qué? Si ya no quería saber nada de mí, ¿para qué?

—Hiciste bien —asintió Gangoso—. A ver qué se creen; nosotros también tenemos nuestro orgullo.

Lanudo se mantuvo en silencio durante un rato; luego, con voz pausada, dijo como si estuviera pensando en voz alta:

—De todas formas, fue culpa mía. La tenía mal amaestrada…

La conversación quedó interrumpida por algo que Perro no olvidaría nunca. Por eso mismo, desde entonces, todas las noches se pone a chillar. El portón se abrió y dejó entrar el sol de poniente. Un camión negro se introdujo marcha atrás en la calle central de la perrera. De él salieron diez hombres con guantes de cuero negro. Abrieron una serie de jaulas, cogieron a los perros que estaban encerrados en ellas y los echaron al camión, amontonando unos encima de otros. El director de la perrera controlaba la operación con cara de circunstancias. Los perros ladraban, resistían con todas sus fuerzas, mordían. En vano. Todo ocurrió muy deprisa. El camión se fue. Las puertas volvieron a cerrarse. Hubo un silencio de muerte. El aliento del verdadero miedo había vuelto. Todos los perros miraron a las jaulas vacías. Eran las jaulas del tercer día.

XI. Gangoso

AL día siguiente, cambiaron a Perro y a sus amigos a las jaulas del segundo día. Al alba, una nueva tanda de perros callejeros vino a sustituirlos en su antigua jaula. Se produjo el mismo jaleo que cuando ellos llegaron. El día fue igual que el anterior. Sólo que estaban un poco más angustiados. El sol calentaba con fuerza, y se instaló encima del tejado de zinc, con lo que empezó a hacer un calor infernal. El agua, en las escudillas de hojalata, estaba tibia. Nadie tocaba la comida. De vez en cuando, venía algún amo a recoger a su perro. Un solo perro salvado, muchas esperanzas frustradas.

Sobre las tres de la tarde apareció una extraña comitiva. La encabezaba una chica rubia que hablaba alto y con una entonación muy estudiada. Detrás de ella venía uno, melenudo y con barbas, que llevaba una especie de máquina negra de la que sobresalía un ojo. Y en tercer lugar venía el director de la perrera, con cara de circunstancias. En cuanto aparecieron, todos los perros empezaron a ladrar al unísono:

—¡Los periodistas! ¡Los periodistas! ¡Vengan por aquí, periodistas! ¡A mí, a mí! ¡A él no, a mí!

—¿Qué es todo eso? —preguntó Perro a Lanudo.

—Es la televisión. Los anuncios sobre los perros callejeros. Vienen aquí una vez a la semana, escogen a un perro, lo filman con su cámara y sacan su retrato en el informativo regional para encontrarle un amo.

—¿Y qué hay que hacer para que te filmen? —quiso saber Perro.

—Hay que ser guapo.

—¡Entonces, puede que te escojan! —exclamó Perro—. ¡Tú eres muy guapo!

—Gracias —suspiró Lanudo—. Pero soy demasiado viejo. También hay que ser joven. Joven y no muy grueso.

—¿Joven y no muy grueso? ¿Por ejemplo, como yo? ¿Podrían escogerme a mí?

—Estás bromeando, ¿no? —interrumpió Gangoso—. ¿Tú has visto el careto que tienes? ¡Con lo feo que eres! Pero mi caso es distinto —añadió empujando a Perro y pegándose contra la reja.

Lo que ocurrió entonces puede parecer increíble. Gangoso, que criticaba a todos, que llevaba dos días haciéndose el perdonavidas, que se metía con los «perritos de sus amitos», que no hablaba más que de independencia, de libertad, de dignidad, etc., ahora se restregaba contra la reja y empezaba a lamentarse con una voz dulce, musical —ya no tenía nada de gangosa—, conmovedora:

—Escuchen, periodistas: soy un perrito sin amo. Se me murió el ama... Tengan compasión, búsquenme otro hogar, uno que tenga niños... Soy muy dulce con los niños, me encantan los niños, adoro a los niños.

Su tono era tan convincente, tan distinto al de los otros, que la periodista rubia se detuvo delante de la jaula con lágrimas en los ojos.

—¡Por favor, qué monada! —exclamó—. Mira, Cuqui, ¿a que es mono? Para comérselo, ¿verdad? Y además, bonito. Con ese pelo tan largo parece un tekel. Para un piso quedaría fenomenal. ¿Qué te parece, Cuqui?

Cuqui era el barbudo melenudo. A él le parecía que la cámara pesaba mucho. Sudaba como un pollo. Contestó que le parecía bien.

Dos horas más tarde, después de las tomas, trajeron a Gangoso. Volvía muy contento de sí mismo, con el pelo lustroso y todo acicalado.

—Ha estado muy bien: el maquillaje, las luces, el cojín de terciopelo... De verdad que ha estado muy bien. Lo único es que me han filmado junto a una especie de gato, un Angora o algo así. Apestaba a colonia. Llevaba una cinta de raso en el cuello; algo grotesco. He tenido que aguantarme para no decirle cuatro cosas. Pero si lo veo a la salida...

Todos se callaron. Se sentían algo avergonzados de él. Pero Gangoso no se daba cuenta. Seguía hablando solo.

—Así que es de lo más sencillo: mañana, a primera hora, mis «candidatos a amo» vienen a buscarme. Como poco, unos cincuenta. Sólo tendré que escoger. El único problema son los niños. No puedo soportar a los niños. Me crispan los nervios. ¡Los odio! Pero tampoco tiene tanta importancia, porque, en cuanto mis nuevos amos se den la vuelta, ¡hop!, me largo. Realmente, a mí lo que me va es la libertad, la dignidad...

Hablaba y hablaba. Nadie le hacía caso. El sol se iba poniendo. Se esforzaban en no mirar hacia el portón, que pronto se abriría.

XII. El cangrejo, el nabo y el sol

AL día siguiente, en efecto, acudieron a buscar a Gangoso. Se lo rifaron más de diez amos. Los unos decían que habían llegado antes; los otros afirmaban que ellos habían sido los primeros. Por poco llegan a las manos.

Luego, volvió el silencio. Y la espera. Lanudo y Perro estaban en la jaula del tercer día. En ella pasaron toda la jornada. El sol desapareció y se llevó sus esperanzas.

—Ahora hay que ser valiente —dijo Lanudo.

—Sí —aceptó Perro, y se acurrucó contra el tupido pelo rizado de su compañero.

La puerta se abrió.

—Ya está —dijo Lanudo.

—Sí —dijo Perro, y escondió la cabeza entre el pelo de su amigo.

—Un poco de valor —le regañó cariñosamente

Lanudo—. Levanta la cabeza. Cuando todo está perdido, queda el valor.

Perro levantó la cabeza. Estaba sentado entre las patas de Lanudo. Ambos miraban fijamente la puerta abierta por la que entraba el sol de poniente.

Pero lo que entró no fue el camión negro sino tres personas. Un tipo alto, con pantalones cortos, rojo como un cangrejo y que parecía furioso. Una señora flaca, con un sombrero de flores en la cabeza, blanca como un nabo y que parecía furiosa. Entre los dos, la cosa más extraordinaria que Perro había visto nunca: una niña pequeña, realmente pequeña. Tenía una melena pelirroja; su pelo, tieso como el alambre, parecía un sol alrededor de su cabeza; apretaba sus dos minúsculos puños, y con su inmensa boca abierta gritaba:

—¡QUIERO UN PERRO!

Detrás de los tres extraños estaba el director de la perrera, con cara de circunstancias.

—¿Qué ocurre ahora? —rezongó Lanudo.

La respuesta salió de todas las jaulas a la vez:

—¡Turistas!

La perrera entera dio rienda suelta a su enfado al oír la palabra «turistas».

—¡Los turistas fuera!

—¡Que se vayan!

—¡Por su culpa estamos aquí!

—¡El bando municipal del 1 de julio es obra suya!

—¡Aparece el turista y muere el perro!

—¡Que me den a un turista y me lo como!

—¡Que se vayan a ver al alcalde!

Pero, por encima de todo este estruendo, sólo se oía un grito, el que salía de la especie de astro pelirrojo:

—¡QUIERO UN PERRO!

—No grites así; ahora tendrás tu perro —gruñía el cangrejo gigante.

—¿No ves que aquí está lleno de guau-guaus, amorcito? —chirriaba el nabo con flores.

—¡QUIERO UN PERRO!

—¡Que sí! Que lo vas a escoger tú misma. Mira, por ejemplo, ¿qué te parece éste? ¿A que es bonito? Parece un caniche.

—¡NO QUIERO UN CANICHE!

Sus chillidos, que al principio habían dejado de una pieza a los perros, ahora les sacaban de sus casillas. Algunos se tiraban contra las rejas, otros se golpeaban la cabeza contra las paredes, todos ladraban:

—¡Basta ya!

—¡Que se calle!

—¡Fuera!

—¡Que no nos torture más!

—¡Que le quiten el sonido!

—¡Fuera la niña!

Pero, por encima de todo este ruido:

—¡NO, NO QUIERO UN FOX-TERRIER!

Lanudo y Perro eran los únicos que no decían nada. Los chillidos del pequeño astro pelirrojo les reventaban los tímpanos, y no podían evitar que los dientes les rechinaran; pero se callaban. Miraban al trío que se acercaba a ellos y, disimuladamente, Perro se acurrucaba todavía más entre las patas de Lanudo.

De pronto, allí estaban, delante de su jaula.

—¡QUIERO ÉSTE!

—¿Ese mastín tan lanudo? —preguntó el nabo con flores—. Es una buena idea; es precioso. ¿Qué te parece, cariño?

—Lo que sea, incluso una jirafa, con tal de acabar con esto —contestó el supercangrejo mirando a otra parte.

—¡ÉSE NO; ÉSTE!

El dedito, temblando de rabia, señalaba a Perro.

—¿Cuál, éste tan feo? —se sorprendió el nabo con flores.

—¡SÍ, ÉSTE!

—¡NI HABLAR!

—¡QUIERO ÉSTE Y NO OTRO!

—¡NUNCA!

Cuando perdía los estribos, el nabo tenía una voz tan terrorífica como la de su hija. Pero Perro ya no oía nada. Se había dado la vuelta y, con la cabeza agachada, acurrucado contra la tripa de Lanudo, entre dientes y muy deprisa, decía:

—No, no quiero; quiero quedarme contigo, no quiero dejarte... No permitas que me lleven...

—No seas tonto —le contestó Lanudo tratando de ocultar su emoción—. Es tu única oportunidad, no la pierdas.

—¡No, no te dejaré! —exclamó Perro. Y de repente se lanzó contra los barrotes, enseñando todos sus colmillitos como si quisiera tragarse al trío completo.

—¡Y ENCIMA, MUERDE! —gritó el nabo pegando un salto hacia atrás.

—¡QUÉ GUAY! ¡SI MUERDE Y TODO! ¡YO QUIERO UN PERRO PELIGROSO! ¡QUIERO ÉSTE!

XIII. Es mi perro

ASÍ fue. Así fue como se lo llevaron. El espantoso pequeño astro pelirrojo se había empeñado, a pesar del violento ataque de nervios por parte del nabo lívido. El cangrejo de campeonato, agotado, medió en el asunto:

—¡Déjala que se lleve este perro, caramba! ¿No querrás que se ponga otra vez en huelga de hambre?

Se abrió la jaula. El director de la perrera, con cara de circunstancias, se inclinó. Perro se resistía con todas sus patas y con todos sus dientes. Pero el mismo Lanudo lo empujó hacia afuera. Con el hocico. Entonces, Perro dejó de luchar. Lloró suavemente en brazos del astro pelirrojo, de repente metamorfoseado en niña cariñosa que no paraba de repetir mientras lo acariciaba:

—Es MI perro, es MI perro. El perro es MÍO.

Perro estaba demasiado triste como para inquietarse por lo que entrañaba la frasecita.

Lloraba y ya está. Le parecía que estaría llorando así hasta el final de su vida. Sin parar. Pero, ¡qué extraña es la tristeza! Hasta cuando uno está destrozado de pena se fija en cosas que no tienen nada que ver. De modo que, mientras estaba llorando, sabiendo como sabía que nunca volvería a ver a Lanudo, Perro se fijó en que la niña olía a manzana. Un olor un tanto extraño, más cuando no era la temporada de las manzanas. Pero Perro pronto se enteraría de que no había temporadas para su nueva ama, no había horas. Lo que ella quería, lo conseguía inmediatamente. Aquella tarde se le habría antojado comer una manzana. Y unas horas más tarde se le habría antojado tener un perro.

Habían abierto las dos hojas del portón. El trío de turistas salía acompañado por los aullidos de los perros desenfrenados. De repente, una sombra negra oscureció la perrera. Los ladridos cesaron. Debajo de esa sombra se notaba el aliento del verdadero miedo.

XIV. Un ama bien amaestrada

PERRO siempre se despierta cuando aparece esa imagen: la del camión negro y la última mirada de Lanudo. Perro abre los ojos. Su propio grito lo ha despertado. Esta vez también Manzanita se despierta.

Lo que la ha sacado de su sueño no ha sido el grito de Perro sino algo que en su interior le ha dicho: «¡Despierta! ¡Perro está triste!».

Sale corriendo de su dormitorio. Corre hasta la cocina. Coge en brazos a Perro, que está temblando. Aunque no debe hacerlo, está descalza sobre las baldosas de la cocina. Aunque no le está permitido, se lleva a Perro a su dormitorio. Aunque se lo tienen tajantemente prohibido, lo acuesta en su cama, junto a ella. Y empieza a hablarle al oído, en voz baja y durante un buen rato.

—¿Otra vez esa pesadilla? No te preocupes, Perro, estoy aquí. No te dejaré nunca. ¡Nunca!

Hasta que Perro se duerme de nuevo, completamente agotado. Agotado pero orgulloso de sí mismo. Sí, orgulloso porque piensa: «Hocico Negro y Lanudo estarían satisfechos; Manzanita es una buena ama. ¡La tengo bien amaestrada!».

Y sin embargo, no resultó fácil.

¡Fue incluso difícil!

XV. ¡Vivan las gaviotas!

CLARO que los primeros días no hubo problemas. Manzanita había decidido consolar a Perro, que se pasaba el día llorando. Y cuando a Manzanita se le metía una idea en la cabeza…

No se alejaba de Perro. Lo abrazaba y le hablaba en voz baja. Ya no tenía la misma voz que en la perrera. Ahora su voz le salía de dentro. Y Perro oía esa voz como si él mismo estuviera dentro de Manzanita. No es fácil de explicar. Las palabras de Manzanita eran una manta calentita y arrulladora.

Poco a poco dejó de llorar. Ella lo llevó a la playa. Él estuvo persiguiendo a las gaviotas.

—¡Fíjate en el grandullón ese! —se burlaba Gran Almizcle—. Ni siquiera es capaz de pillar a una gaviota, y se pasa la vida persiguiéndolas. ¡Qué tontos son los perros!…

Después de lo cual, Gran Almizcle se levantaba y también echaba a correr. Sólo que él no perseguía nada. Corría, se agachaba, estiraba los brazos, expulsaba el aire, se levantaba, echaba a correr de nuevo, etc. Eso durante horas. Y cuando ya daba por terminado el espectáculo, volvía a tumbarse con cara de satisfacción junto a Pimienta. (¡Vaya usted a entenderlo!)

—Otra vez te has puesto como una sopa —le reprochaba Pimienta.

Era verdad: él, que nunca se bañaba, siempre estaba empapado de los pies a la cabeza.

—¡Hay que mantenerse en forma! —contestaba mientras intentaba tocarse las rodillas con la cabeza.

Con tanto andar persiguiendo su propia forma y tanto sudar como un pollo, se había apoderado de él un peculiar olor a almizcle que Perro advirtió en seguida. Lo conocía del vertedero, donde estaba la zona de los curtidores. Salía de los pellejos de oveja que habían abandonado al sol. En aquella época, a Perro le atraía mucho, pero Hocico Negro le había prohibido que se acercara a los despojos de oveja.

—Eso es comida para gaviotas —le decía con cara de desprecio.

Así que Perro nunca se acercaba mucho a Gran Almizcle. Tampoco se acercaba a Pimienta, porque mientras Gran Almizcle se dedicaba a correr, a saltar, a sudar, a desarrollar sus músculos y su olor, ella se pasaba el tiempo sacando de su bolso un extraño frasquito con el que se rociaba desde por la mañana hasta por la noche. La primera vez, Perro estaba justamente tumbado junto a ella y lo pilló desprevenido. Saca el frasco de su bolso, le quita el tapón, más intrincado que el techo de una iglesia, y dale que te echo sobre la cabeza, sobre los hombros, debajo del sobaco... A Perro le cayeron unas cuantas gotas sobre el hocico y le entraron unas tremendas ganas de estornudar. De tanto estornudar creyó que se moría. Como si le hubieran metido pimienta en las narices.

—¿Qué ocurre? ¿Qué pasa? ¡Deja ya de estornudar! ¡Qué insanos son estos bichos! —exclamó Pimienta.

Había chillado tanto que Perro fue a refugiarse entre las piernas de Manzanita.

—¿Qué le has hecho a MI perro? —preguntó Manzanita, en un tono que no auguraba nada bueno.

—¡Pero si no le he hecho nada, amorcito! ¡Si ha sido él el que ha venido a echarme las babas encima, el muy asqueroso!

—Mi perro no es ningún asqueroso —contestó Manzanita con algo que quería ser una sonrisa—, y no le aconsejo a nadie decir que MI perro es un asqueroso.

Después había ido con Perro a perseguir a las gaviotas. Producían en el cielo un centelleo del color de la plata, eso sin hablar del destello blanco de sus alas. Era bonito. Perro se abalanzaba hacia ellas saltando. Pero, algunas veces, en lugar de la gaviota levantando el vuelo, le parecía ver una cosa distinta recortándose en el azul del cielo. Era algo blanco. Algo de hierro. Pesado. Caía dando tumbos. Entonces Perro se paraba en seco y dejaba escapar un largo aullido, tal como lo había hecho ante el cuerpo de Hocico Negro. Luego, aparecía la última mirada de Lanudo, y el aullido se prolongaba hasta que Manzanita lo cogía en brazos, lo acunaba y le dejaba oír su voz interior, tan calentita.

XVI. Su bautizo

LA ceremonia de su bautizo es otro recuerdo agradable que le queda de los primeros tiempos.

Aquella noche, mientras estaban de vacaciones en el *campig* cercano a Niza al que acudían todos los veranos, unos amigos se habían reunido junto a la caravana de Gran Almizcle y de Pimienta.

Hacía un calor espantoso, lo que no les impidió encender una fogata. Para que fuera más agradable. A Perro no le parecía en absoluto agradable. Le parecía que hacía demasiado calor. Habían juntado cuatro o cinco mesas, las habían cubierto de alimentos y habían plantado en ellas una verdadera legión de botellas. Todos se habían sentado alrededor de las mesas y Perro estaba sobre las rodillas de Manzanita, quien presidía la mesa. Por eso, aquella noche, Gran Almizcle la llamaba «mi princesita».

Sería por lo que habían bebido, pero cantaban cada vez más alto. A Perro no le resultaba en absoluto melodioso. Le parecía demasiado alto. Estaba incluso muerto de miedo. Nunca había visto —ni oído— a tantos hombres juntos. Se encogía todo lo que podía sobre las rodillas de Manzanita. Para que no lo vieran. Pero no sirvió de nada.

De repente, Gran Almizcle levantó su vaso y exclamó:

—¡Bueno, está bien, pero a ver si bautizamos al chucho!

—¡Vale! ¡Vale! ¡Vamos a buscarle un nombre! —berrearon los invitados, que siempre estaban de acuerdo con Gran Almizcle.

Manzanita apretó a Perro un poco más contra su pecho.

—¿Qué te parece, princesita?

—Habrá que ver qué nombre proponéis —contestó ella sin comprometerse.

Entonces se produjo un silencio. Nadie había pensado en ello. ¿Cómo llamarlo? Y, por primera vez en su vida, Perro vio pensar a los hombres. Resultaba muy interesante. Primero se miraban los unos a los otros, frunciendo el ceño y encogiéndose de hombros; luego miraban hacia el cielo, ensimismados, y se cogían la barbilla con la mano; después se rascaban la cabeza, meneaban los pies y, finalmente, todos se volvían hacia Gran Almizcle para preguntarle si había encontrado algo.

—Estoy buscando —contestaba.

Y todos volvían a hacer lo mismo.

Perro empezaba a pensar que la velada se ponía interesante. Era divertido ver a Gran Almizcle pensando. Se le arrugaba la frente como a un *bulldog* y adelantaba la mandíbula inferior. Te podías esperar que, en cualquier momento, le empezaran a salir colmillos y se le derritieran los sesos. Se ponía todavía más colorado que de costumbre. Todos los invitados se callaban y lo miraban. El espectáculo duró un buen rato.

Por fin declaró Gran Almizcle:

—Ya lo tengo.

Todos exclamaron:

—A ver, ¿cuál? Venga, ¡habla!: ¿qué nombre has encontrado?

Bebió un trago de vino y dijo:

—¡Toby!

Bebió otro trago de vino y preguntó:

—¿Qué os parece?

Todos aplaudieron a la vez.

—¡Muy bien! ¡Perfecto! ¡Genial! ¡Es un nombre muy original!

Gran Almizcle miraba a Manzanita, contento de sí mismo. Pero, cuando se disponía a preguntarle si el nombre de Toby le parecía bien, Manzanita declaró simplemente:

—No. (Perro soltó un suspiro de alivio.)

—¿No? ¿Y por qué no? —intervino Pimienta, deseando evitar una discusión.

—Porque Toby no es un nombre de perro de verdad, es un nombre de perro sacado de los libros. Además, ya está muy visto. Por eso digo que no. Y cuando digo que no, es que no.

Hubo un silencio molesto, acompañado del ruido de los platos.

Para interrumpirlo, alguien propuso:

—¿Y por qué no Milú?

—No —contestó Manzanita—. Milú tampoco; no es un nombre de perro, es un nombre de tebeo.

Otra vez el silencio. La gente empezaba a pensar que no iba a resultar fácil encontrar un nombre al perro. El ambiente ya no era tan alegre. Daba la sensación de que se estaban formando nubes tormentosas entre los presentes. Sobre todo en la cabeza de Gran Almizcle. Un nubarrón que iba a descargar rayos y centellas de un momento a otro. Entonces, todos se echaron al agua al mismo tiempo:

—¡Rex! —propuso uno.

—¡Príncipe! —soltó otro.

—¡Milord! —sugirió el tercero.

—¡Lobo! ¡Nuno! ¡Sultán! ¡Granuja! ¡Duque!

A cada sugerencia, Manzanita contestaba simplemente:

—No.

Algunas veces consentía en dar una explicación:

—Es demasiado feo. Está demasiado visto. Queda pretencioso. Todos los perros se llaman así.

Hasta que el nubarrón que a Gran Almizcle se le había formado en la cabeza acabó por reventar.

—¡Venga, adelante! ¡Encuéntrale tú uno si eres tan lista! ¡Venga, encuéntraselo! Qué, ¿todavía no lo tienes? ¡Venga, que es para hoy!

—Perro —contestó simplemente Manzanita.

—¡Que sí, al perro! Y qué, ¿qué nombre le pones tú al perro?

—Mi perro se llamará Perro —explicó Manzanita pacientemente.

—¿Cómo que Perro? —preguntó Gran Almizcle, abriendo los ojos como platos—. ¡Pero si perro no es ningún nombre!

—Es el nombre más original, más bonito y más sencillo. No conozco ningún perro que se llame Perro, salvo el mío —añadió con una mirada que indicaba que el asunto ya estaba decidido y que se podía pasar a otra cosa.

—¡Pero todos los perros se llaman perro, amorcito! —intervino Pimienta riéndose sin ganas—; es el nombre que les ponen en el diccionario. ¡Fíjate bien!

Y miró a los invitados como para disculpar a su hija.

—Ya está claro. Mi perro se llama Perro con mayúscula, porque perros así no hay más que uno, y es el mío.

—Eso sí que es cierto —admitió Gran Almizcle guiñando un ojo y mirando a todos con cara de complicidad—. En fin, después de todo, tienes razón en no ponerle un nombre; es demasiado tonto como para atender a uno.

Manzanita no contestó. Se sonrió. Se levantó. Dijo: «Buenas noches a todos», y, como Perro se había quedado sentado sobre la silla sin saber muy bien qué hacer, sin mirarlo, le preguntó:

—¿Vienes, Perro?

Perro acudió de inmediato, como si le hubieran llamado así desde siempre.

XVII. Perro se marea

LLEGÓ el final de las vacaciones. Volvieron a París, donde vivían Gran Almizcle, Manzanita y Pimienta.

No fue un viaje muy agradable para Perro. Claro que hubo buenos momentos, pero también hubo otros... En primer lugar, era la primera vez que Perro subía a un coche para hacer un trayecto largo. Y también era la primera vez que Perro se mareaba. Gran Almizcle se había empeñado en pasar por las montañas que bordeaban el mar, por el macizo del Esterel, porque, según decía, era más «turístico». «Y también mucho más «económico»», había añadido Pimienta. Perro iba sentado atrás, al lado de Manzanita.

Cada vez que el coche entraba en una curva, era como si todo diera vueltas alrededor suyo. Hasta que, con tantas vueltas, Perro acabó por vomitar. Al ver que Perro vomitaba, Manzanita se puso blanca como el papel, y también vomitó. Al oír que Manzanita vomitaba, Pimienta abrió apresuradamente la ventana para vomitar fuera del coche. Todas estas vomitonas enfurecían tanto a Gran Almizcle que la tomaba con los demás automovilistas. En aquellos momentos creía que él era el único en saber conducir. Le daba al acelerador y el coche iba a todo correr con la caravana detrás.

Perro, que se había asomado por la ventana, iba embelesado. Todos los olores del mundo se le arremolinaban en las narices: ¡era algo así como un deleitoso vendaval! Se estaba acostumbrando a las curvas; hasta empezaba a pensar que el coche era un gran invento del hombre.

Paraban de vez en cuando: para tomar algo, para echar gasolina o para que el motor se enfriara. En una de estas paradas, Gran Almizcle volvía a encontrarse con uno de los automovilistas cuya forma de conducir tanto había criticado. Aquellos encuentros le encantaban a Perro. Gran Almizcle se acercaba al automovilista sacando músculos y poniendo cara de pocos amigos. Si el automovilista era de su mismo tamaño, también éste sacaba músculos. Entonces empezaba el desafío. Perro ya había visto algo así en el vertedero. Dos perros forzudos se acercaban gruñendo el uno al otro, erizando el pelo de sus musculosas patas. Al oír sus gruñidos, al verlos con la cabeza erguida, las orejas tiesas, los colmillos relucientes bajo el sol, Perro pensaba que iban a matarse.

—¡Qué va! —decía Hocico Negro sin mirarlos siquiera—; no se van a hacer nada. No es más que un farol.

Efectivamente, los perros daban dos o tres vueltas uno alrededor del otro, se largaban cada uno por su lado y echaban orgullosamente una meadita sobre el primer neumático con el que se encontraban, como si acabaran de ganar una terrible batalla.

Ocurría lo mismo con los hombres. Apretaban los puños y gruñían mirándose de arriba abajo. Se burlaban socarronamente el uno del otro y, al hacerlo, enseñaban unos colmillos de oro. De vez en cuando echaban una ojeadita hacia sus admiradoras (las de Gran Almizcle eran Manzanita y Pimienta, que se habían sentado encima del capó del coche; las del automovilista eran una como Manzanita y otra como Pimienta.) Pero al final se separaban sin hacerse daño. Cada uno por su lado, iban a meterse en una casita especial, en la que Perro suponía que estarían echando una meadita orgullosamente. Al «público» parecía haberle gustado el espectáculo.

Luego vino la autopista. Era algo larguísimo. El

coche corría, corría... Perro nunca habría imaginado que se pudiera recorrer tanta distancia para ir de un lugar a otro.

Aunque la autopista no pasaba por las ciudades, sí se cruzaba con sus olores. Después de una ciudad venía otra. Manzanita y Pimienta iban dormidas. Gran Almizcle iba callado.

Perro pensó que se lo llevaban muy lejos. Empezó a sentir morriña, él, que siempre había vivido en el mismo sitio. Le arrancaban su infancia. Todos los recuerdos tristes de su vida le vinieron de pronto, por encima de la pena que lo invadía: Hocico Negro junto a la puerta de la nevera, Lanudo hablando del valor del último momento...

El sol se ponía. De repente apareció el cuerpo de un perro atropellado, tendido al borde de la autopista. «El regate —pensó Perro—, el regate...», y unos sollozos le agarrotaron la garganta. Estallaron como pompas de dolor, en el coche ahora silencioso.

XVII. ¿Mi perro? ¿Qué perro?

FUE en París donde la relación entre Manzanita y Perro se echó a perder. Hasta entonces, Manzanita había sido perfecta. Se había mostrado tan amable que Perro pensó que ya estaba amaestrada. «Habrá tenido un perro en algún momento —se decía—, ¡y qué bien la ha amaestrado ese perro!»

Pero no, Manzanita nunca había tenido un animal antes de tenerlo a él. Lo supo en cuanto entró en el piso de París. Allí no había vivido ningún perro. Ni ningún gato, y tampoco ningún pájaro. Habrían dejado algún olor. En cambio, el piso olía a humano y nada más que a humano. No, Perro lo supo muy pronto: si fueron a buscarlo a la perrera, fue porque a Manzanita se le había antojado. Ahora que estaba en su casa, con su dormitorio, sus juguetes, sus amiguitos, sus costumbres, pasaba completamente de él.

La cosa no habría sido tan grave si el piso hubiera sido una casa con jardín. Perro se habría quedado fuera todo el día. Necesitaba muy poco para distraerse: unos cuantos pájaros, el viento entre las hojas, dos o tres ruidos sospechosos para poder ladrar, algún rastro que seguir con su olfato de aquí para allá, y el tiempo se le pasaba volando. El problema es que las casas en París no tienen jardín. Todo el mundo vive dentro. Y vivir dentro no es nada divertido. Primero porque los pisos son pequeños; más para un perro que para una persona. La explicación está en lo de los sitios prohibidos: prohibido subirse al sofá o a los sillones, prohibido tumbarse encima de la moqueta de la salita —y hablar de la moqueta de la salita es hablar de la salita entera—, prohibido entrar al dormitorio de Gran Almizcle y de Pimienta… Quedan el recibidor —dos metros cuadrados—, la diminuta cocina —siempre que Pimienta no esté guisando—, el pasillo —donde todo el mundo te pasa por encima— y el dormitorio de Manzanita —salvo durante la noche—. El problema es que Manzanita no quería que Perro entrara en su habitación.

—¡Déjame en paz! ¡Déjame jugar tranquila! ¡Búscate algo que hacer tú solito!

Perro terminaba en el pasillo. Se tumbaba suspirando junto a la puerta cerrada del cuarto de Manzanita.

Pero, ni que lo hiciera aposta, en ese preciso momento, Pimienta salía de su dormitorio, tropezaba con él y se ponía a chillar con esa voz suya, tan estridente.

—¡Oh, este perro! ¡Siempre está en medio! ¿Es que no puedes tumbarte en otro lado?

Perro se iba, agachaba la cabeza, y se escondía debajo de la mesa de la cocina. Allí se quedaba hasta la hora de la comida, en que Pimienta volvía a echarlo.

—¡No quiero perros en la cocina mientras preparo la comida: es insano! —«Sano» e «insano» eran las dos palabras que más empleaba Pimienta. Perro pertenecía al rango de las cosas insanas.

Así que se levantaba, salía de la cocina para refugiarse en el recibidor, donde, llorando, se hacía un ovillo alrededor del pie del perchero. Pero, de repente, se abría la puerta: Gran Almizcle volvía de trabajar. Colgaba su abrigo en el perchero. Le caían encima dos litros de agua: restos de lluvia. Perro, sorprendido por el chaparrón, corría hacia el cuarto de estar, donde se sacudía como un pato después de zambullirse. El resultado era un espléndido abanico de gotitas brillantes que desencadenaban una discusión general:

—¡Mi salita! —exclamaba Pimienta con voz horrorizada.

Estaba poniendo la mesa. Le salían chispas de los ojos. Señalaba a Gran Almizcle con el dedo, temblando de rabia.

—¡Otra vez has mojado al perro con tu chubasquero chorreando agua! ¿Cuántas veces tendré que decirte que te sacudas fuera cuando está lloviendo?

—¿Y cuántas veces tendré que decirte yo que ese perro no tiene nada que hacer en el recibidor? ¡Ése no es sitio para un perro! —contestaba Gran Almizcle con su vozarrón.

—¿Y a quién se le ocurrió la brillante idea de coger un perro? ¿Acaso a mí? Siempre estuve en contra, para que lo sepas.

—¡Pues sí que! Si por ti hubiera sido, ahora tendríamos un enorme perro de lanas apoltronado en el recibidor. ¡No se podría ni abrir la puerta! —contestaba Gran Almizcle riéndose burlonamente.

—¡No señor! ¡Fuiste tú, como siempre, quien le dio el gusto a la niña!

—¡A ver, vosotros dos! ¿No podríais dejar de pelearos? —proponía una tercera voz—. No me dejáis leer, y ése es un mal ejemplo para mis muñecas.

—¡Mira quién habla! Y tú, ¿no te podrías ocupar un poco de TU perro?

Gran Almizcle y Pimienta, de repente reconciliados, se unían frente a Manzanita, quien, apoyada en el quicio de la puerta del cuarto de estar y con un libro entre las manos, los miraba fijamente. Perro, sentado entre los tres personajes, no sabía exactamente qué actitud tomar. Gran Almizcle y Pimienta lo tenían aterrado. Manzanita lo tenía desesperado. Aquel día tal vez le hiciera más daño que nunca. Cuando sus padres le reprocharon: «¿No podrías ocuparte un poco de tu perro?», contestó algo increíble. Recorrió el cuarto de estar con una mirada indagadora, como si estuviera buscando algo; procedió de la misma forma en el comedor; luego, hizo como si echara una ojeada por el recibidor y por la cocina; y por fin contestó simplemente, poniendo cara de asombro:

—¿Qué perro?

Y se volvió a su habitación.

XIX. La dignidad

MANTUVO esa actitud durante algún tiempo. Y fue un verdadero suplicio.

Por la mañana, Manzanita se iba al colegio y Gran Almizcle, a trabajar. La única que se quedaba en el piso era Pimienta, pero su presencia no hacía más que aumentar la soledad de Perro, porque ella se ocupaba de todo, absolutamente de todo lo de la casa, salvo de él. Cuando terminaba de limpiar su dormitorio, recogía el de Manzanita, luego quitaba el polvo en el cuarto de estar, después pasaba la aspiradora por todas las habitaciones, la emprendía con los cristales y con el montón de cachivaches de adorno, a los que sacaba tanto brillo que al final reflejaban el entorno como si fueran espejos. Finalmente se largaba a la cocina a preparar la comida.

¡Y todo eso lo hacía como si Perro no existiera! Poco a poco, Perro llegó a preguntarse si realmente existía. De modo que, al final de aquellas interminables mañanas, se ponía a ladrar porque sí, sólo para oír el sonido de su propia voz.

—¿Qué te pasa? ¿Te has vuelto loco? ¡Cállate de una vez! ¿Qué van a decir los vecinos?

Perro se quedaba tranquilo: existía de verdad.

A las doce, cuando su hija y su marido volvían a casa, Pimienta siempre les contaba lo mismo:

—¡Perro se ha pasado la mañana ladrando!

Gran Almizcle contestaba siempre con la misma pregunta:

—¿Lo has sacado al menos?

Y Pimienta ponía cara de ofendida:

—¿Sacarlo? ¡Como si no tuviera otra cosa que hacer!

Gran Almizcle siempre llegaba a la misma conclusión:

—Por eso llora, porque tiene ganas de salir.

Y añadía mirando a su hija:

—¡Podrías acostumbrarte a sacar a TU perro antes de comer!

—Imposible —contestaba Manzanita—. Tengo que preparar la cartera para esta tarde.

Antes de que Gran Almizcle pudiera añadir algo, Manzanita se había metido en su habitación y Pimienta, en su cocina. Gran Almizcle se quedaba solo con Perro. Lo miraba de arriba abajo, con cara de desprecio.

—Bueno, me doy por enterado. ¡Siempre cargo yo con el muerto!

Cogía del perchero una correa tan fuerte que con ella hubieran podido atar a un toro, enganchaba el mosquetón al collar de Perro y se iba a la calle rezongando:

—¡A ver si por lo menos te das prisa!

Pero, para estas cosas, los perros nunca se dan mucha prisa. Primero hay que revisar unas cuantas ruedas para localizar un olor simpático. Cuando ya tienes el olor, debes olisquearlo detenidamente, para saber de quién es. Sólo después de esa minuciosa exploración puedes levantar la patita y echar una meada sobre la dichosa rueda. Pero has de quedarte con algo de reserva por si surgen otros olores tan simpáticos como el primero. Es una cuestión de principios que los perros se toman muy en serio. Hocico Negro no admitía discusión sobre este punto. «Pertenecemos a una gran familia —decía—. ¡No se te olvide nunca!»

Pero nada de eso le venía bien a Gran Almizcle. Perro se ponía a inspeccionar su primera rueda cuando el otro empezaba a tirar de la correa. Perro se resistía. Gran Almizcle esperaba un ratito. Luego, se sentía tan ridículo, comparado con los demás transeúntes, que pegaba un buen tirón. Perro iniciaba el despegue y dejaba por el aire una estela de gotas pequeñas. Después volvían a casa.

Y ya está. En eso consistían las salidas de Perro.

—¡Nunca entenderé por qué los perros tienen que mearse encima de todas las ruedas de coche! —tronaba Gran Almizcle mientras se sentaba para comer.

La casa se quedaba vacía hasta las cinco de la tarde. Manzanita y Gran Almizcle volvían a sus respectivos trabajos. Pimienta se dedicaba a ir de tiendas. Perro se quedaba solo. Le gustaba más así. Por lo menos no molestaba a nadie, y nadie lo molestaba para pensar. El silencio lo ayudaba a aclarar sus ideas. Y en ello estaba. La actitud de Gran Almizcle y de Pimienta hacia él no le extrañaba: ellos dos nunca lo habían querido. ¿Pero Manzanita? ¿Qué le ocurría a Manzanita?... ¿Cómo había podido quererlo y dejar de quererlo así como así, de forma tan repentina? ¿Qué había hecho él para que ella cambiara de actitud de ese modo? Nada. ¡Qué ama tan extraña tenía!... ¡Qué imprevisibles son los humanos!

Se sentía triste. Pero detrás de su tristeza aparecía otro sentimiento: la vergüenza. Se sentía avergonzado de sí mismo, y también enfadado. ¡No había amaestrado bien a Manzanita, ésa era la verdad! Hocico Negro estaría disgustada con él: ¡si lo había mandado a la ciudad no era sólo para que se buscara un ama sino también para que la amaestrara! Y él había fracasado. Había dejado que Manzanita lo tuviera entre algodones, como a un niño mimado, hasta que se cansó de él. Luego ya no había sabido qué hacer cuando la niña dejó de hacerle caso. Pero, ¿cómo amaestrar a alguien que ni siquiera te mira? Todos estos pensamientos le rondaban la cabeza y lo dejaban indeciso. Entonces, cuando se sentía completamente perdido, le venía a la mente la frase que Lanudo había dicho para referirse al ama que lo había abandonado.

«¿Seguirla, para qué? Si ya no quería saber nada conmigo, ¿para qué?»

Luego, Gangoso había hablado de dignidad.

La dignidad... Perro empezaba a intuir qué podía ser eso de la dignidad.

Al fin y al cabo, Manzanita lo había abandonado, como el ama de Lanudo. Pero él se quedaba allí, esperando. ¿A qué esperaba? ¿A que Manzanita volviera a quererlo como por arte de birlibirloque? ¡Qué risa! ¿No sería más bien el bienestar material, la sopa cotidiana, lo que impedía que se fuera? ¡Menuda dignidad la suya! Y pensar que se había avergonzado de la actitud de Gangoso frente a los periodistas... ¿En qué se diferenciaba él de Gangoso si se quedaba en una casa en la que Manzanita iba diciendo por ahí que él no existía, una casa en la que a Pimienta le parecía que existía demasiado, una casa en la que Gran Almizcle lo sacaba de paseo como si se tratara de una cometa atada a una correa?

Cuando uno se pone a pensar, a veces llega a una conclusión.

Cuando uno llega a una conclusión, a veces toma una decisión.

Cuando uno toma una decisión, a veces la lleva a cabo.

Decidió escaparse.

Y se escapó.

XX. Huida

EN efecto, se escapó de casa de Manzanita. ¿Quién se lo iba a creer al verlo ahora dormido tan apaciblemente, sin pesadillas, en la cama de la niña? ¿Quién podría imaginar que, durante una temporada, Manzanita dejó de quererlo?

Manzanita se ha sentado en la cama. Se ha recostado en la almohada. Ha colocado un pañuelo sobre la lámpara de su mesilla para no despertar a Perro. Pasa las páginas de un libro haciendo el menor ruido posible. De repente, deja de leer y lo acaricia suavemente. Él deja escapar un profundo suspiro mientras duerme. Manzanita se pone de nuevo a leer. Verdaderamente, ¿quién podría pensar que, no hace mucho, se escapó de casa?

Era un jueves. O tal vez un viernes. Todos habían salido. Pimienta había dejado abierta la ventana de la cocina para ventilar la casa, porque, según ella, la casa olía a perro. Ya ves tú...

Perro asomó la cabeza con cuidado. Luego se coló por el hueco y se sentó tan tranquilo sobre las plantas que Pimienta había puesto en la terraza. En seguida le llamó la atención el olor a otoño. Un olor a hojas rojizas que poco a poco iba subiendo. Sentado en el mantillo húmedo de las plantas, Perro vacilaba. «Si huele tanto a otoño —se decía— es que el invierno va a ser crudo.» Un escalofrío glacial le recorrió el lomo. Debajo de la ventana estaba el tejado de la portera. Y más abajo, el cobertizo de los contenedores de la basura. Al lado de los contenedores estaba la puerta del patio. La puerta estaba abierta porque, justamente en previsión del invierno, acababan de llenar los depósitos de gasóleo. Empezaba a caer la noche. Pimienta volvería de un momento a otro. Y Perro seguía vacilando.

«Pronto será demasiado tarde —le dijo una voz en su fuero interno—. No se te olvide: la indecisión es la peor enemiga del perro.» ¡Hocico Negro! «¿Y tu dignidad? —intervino otra voz—. ¿Qué pasa con ella?» ¡Lanudo!

«Ya lo sé, ya lo sé —contestó Perro—. Pero no conozco a nadie ahí fuera. ¡Esta ciudad es demasiado grande, me da miedo, y este invierno va a ser tan frío, tan frío!...» Entonces Perro reconoció una ter-

cera voz, una voz gangosa, burlona, que le preguntaba: «Qué es lo que prefieres, eh, tontín, ¿quedarte calentito y aguantar que te echen a escobazos o correr libre a pesar del frío? ¡El perro es un animal independiente, amigo! ¡In-de-pen-dien-te!».

Habría podido quedarse mucho más tiempo charlando con sus voces interiores si otra voz, ésta de verdad, no hubiera subido hasta él desde el patio. Era Pimienta, que, en jarras, le estaba gritando:

—¿Qué estás haciendo sentado en la ventana? ¡Y encima aplastándome mis plantas? ¡Ahora verás!

No esperó para ver. Mientras Pimienta iba subiendo las escaleras, saltó sobre el tejado de la portería, luego sobre el del cobertizo de los contenedores de la basura, y se encontró en la calle.

En la calle. En París. ¡Solo! Lo primero que hizo, claro, fue echar a correr. Como hacen todos los perros que se escapan. Corría y corría, decidido a no volver nunca jamás. Hasta se abstenía de respirar para asegurarse de no poder encontrar su propio rastro. Pero resulta cansado eso de correr sin respirar. Acabó derrumbándose, sofocado, junto a un puesto de periódicos multicolor. E intentaba pensar mientras recobraba el aliento. ¿Qué podía hacer? ¿Buscar otra ama? ¡Muchas gracias! ¡Con lo que había tenido que sufrir con ésta! ¿Entonces qué? Pensó en el carnicero de Niza. Durante un instante, hasta se le pasó por la cabeza intentar localizar su olor a lavanda, pero se dio cuenta de que era una locura. ¡Por mucho olfato que tuviera, mil kilómetros de distancia es mucha distancia! ¡Además, caramba, qué grande era aquella ciudad! Desde los olores a gasolina, tan cercanos, hasta las fragancias a fábricas, más lejanas, parecía que nunca terminaba de extenderse. ¿Se trataba realmente de una ciudad? ¿No sería más bien que de repente la tierra entera se había cubierto de casas? Perro advirtió que, con sólo pensarlo, le invadía el pánico. «Tengo que salir de París —se dijo—; y ahora mismo. Sea como sea, tengo que encontrar otro vertedero; mis costumbres de antes; otros perros; un lugar donde me sienta menos solo, menos perdido.»

Mientras estas ideas se le arremolinaban en la cabeza, la noche había aprovechado para caer del todo. Entonces ocurrió un fenómeno extraño. El puesto de periódicos, junto al que se encontraba Perro, se retiró detrás de su cierre de madera. Fue la señal para que las luces se apagaran y los bloques de pisos se vaciaran por completo. Sus habitantes salían a raudales, por todos lados. Los cierres de las tiendas se bajaban, las puertas de las oficinas se cerraban, las llaves chascaban en las cerraduras, los coches surgían desde las callecitas próximas y venían a aglutinarse en la ancha avenida que se prolongaba frente a Perro, lentamente, como si fuera un glaciar muy antiguo.

En las aceras, los peatones iban andando con pasos bruscos. Caminaban solos y silenciosos o por grupitos que hablaban en voz baja. Luego, los solitarios y los grupitos se mezclaban, se convertían en muchedumbre, y esa muchedumbre desaparecía lentamente bajo tierra, como si se la tragara una gran boca negra abierta en la avenida iluminada. Este espectáculo tan increíble infundió ánimos a Perro. Pensó que toda aquella gente quería, lo mismo que él, salir de la ciudad. Imaginó que habían cavado unas galerías subterráneas por las que uno podía evadirse, y decidió seguirlos. Así que se confundió con la multitud. Se hundió bajo tierra con ella. Siguió unos largos pasillos alicatados y relucientes en los que el paso de los que huían le retumbaba en los oídos, y se encontró en un andén. Era algo así como el andén de una estación, ya que allí vino a aparcar una especie de tren, acompañado de un estruendo de chatarra. «Éste es el camino», pensó Perro, que recordaba haber visto pasar los trenes sobre el vertedero de Villanueva. Saltó emocionado al interior de un vagón cuya puerta acababa de abrirse. Instintivamente se tumbó debajo de un asiento, para que la gente se pensara que iba con alguien. Era el único perro en aquella marea humana; más le valía ser prudente. Se oyó el tintineo de unas campanillas, las puertas se cerraron y el tren se puso en movimiento.

Paraba a menudo. Cuando llegaba a ciertas estaciones, se quedaba casi vacío. Perro seguía a la mayor parte de la muchedumbre, formada siempre por los que parecían llevar más prisa. Perro pensaba que, en algún momento, saldría a pleno campo. Pero no, la muchedumbre nunca salía a la superficie. Se metía por otros pasillos alicatados, se apiñaba en otros andenes, se subía a otros trenes, los dejaba otra vez para recorrer más y más kilómetros de pasillos subterráneos. Y Perro la seguía, corriendo con sus cuatro patitas, perdido entre todos aquellos pares de zapatos, cada vez más apresurados, cada vez más ruidosos. Y venía otro tren y la puerta corredera volvía a cerrarse. Tenían que estar lejos de la ciudad. Los pasajeros eran cada vez menos numerosos. Parecían cada vez más cansados por un viaje tan largo. Y cada vez corrían más deprisa para cambiar de tren. La operación duró hasta que Perro se quedó solo, solo en un vagón, con un hombre que también iba solo y tan cansado que en absoluto se fijaba en él. Cuando este último pasajero salió del vagón, Perro lo siguió, pensando que al menos éste subiría a la superficie. Efectivamente, allí subía; escalón tras escalón, iba subiendo con paso cansino por una escalera cubierta de papeles azules y de colillas. Por fin se abría, por encima de sus cabezas, el cielo oscuro de la noche. Perro dejó escapar un grito victorioso y se abalanzó hacia el exterior.

Lo que sintió entonces no se puede describir. Se quedó tan de piedra que se sentó sobre su trasero, incapaz de moverse durante un buen rato. A su alrededor había unas casas inmensas cuyas fachadas dormidas se erguían hacia el cielo. No eran unas casas cualesquiera. Eran las mismas, exactamente las mismas que había cuando decidió seguir a la muchedumbre por el agujero grande. Reconoció de inmediato el puesto de periódicos detrás de su cierre de madera, las tiendas ya cerradas, las oficinas vacías tras sus cristales oscuros. ¡Había vuelto al mismo sitio! Las calles próximas y la avenida principal estaban tan iluminadas como antes, pero ahora, absolutamente desiertas. Sentado como si fuera una estatua de piedra, Perro aullaba, aullaba sin recobrar el aliento, con los ojos cerrados, el cuello erguido, la boca abierta… Aún seguiría aullando si de repente una voz no le hubiera dicho al oído:

—¡Venga, hombre! ¿Es que has decidido despertar a todo el vecindario o qué?

XXI. Hienoso

PERRO pegó un salto, volvió a caer sobre sus cuatro patas, enseñó los colmillos y erizó hasta su último pelo. ¡Lo que tenía delante era la aparición más espantosa que nunca había imaginado! Lo primero que veía eran dos ojos amarillos: una mirada amarilla, fija y brillante. Luego, una boca grande, negra, deformada por una sonrisa cruel; una boca de la que salían dos colmillos, fuertes como unos ganchos de carnicero. Llevaba sobre la cabeza un mechón de pelos erizados, y en el resto de su cuerpo un pelo sin domar, de color amarillo con rayas negras. Pero lo más impresionante del cuadro eran las dos patas delanteras, mucho más altas y musculosas que las traseras, que delimitaban un pecho increíblemente desarrollado. La cosa era tres o cuatro veces más alta que Perro y no se movía. Perro tampoco se movía, con el pelo erizado, gruñendo, dispuesto a luchar como un león. Ahora recordaba haber visto antes algo parecido. Un día, Manzanita, que tenía un libro abierto sobre sus rodillas, le había enseñado una imagen:

—Mira esto; es una hiena. ¿A que es muy fea? —le dijo llena de admiración.

Efectivamente era fea, pero en una imagen impresa resultaba menos impresionante que cuando de repente te la encuentras en París en medio de la noche.

¿Acaso la aparición podía leer los pensamientos de Perro? Fuera como fuera, dejó escapar una risa sobrecogedora y declaró:

—Es verdad, tengo una pinta algo inquietante. Parezco una hiena. No digas lo contrario; ya lo sé. Además, todos me llaman Hienoso. Pero tú tampoco eres de una belleza deslumbrante, ¿sabes?...

Hienoso volvió a reírse con aquella risa suya que parecía el glugluteo líquido de un pavo. Ya le había explicado Manzanita: «Dicen que se pasan el tiempo riendo».

—¿Y si me contaras lo que te ocurre en vez de temblar como un azogado y de sacar tus dientecillos? —propuso Hienoso, que de repente había dejado de reír.

A Perro le resultó extraño que Hienoso hablara con voz suave y algo lejana, y no sabía si este deta-

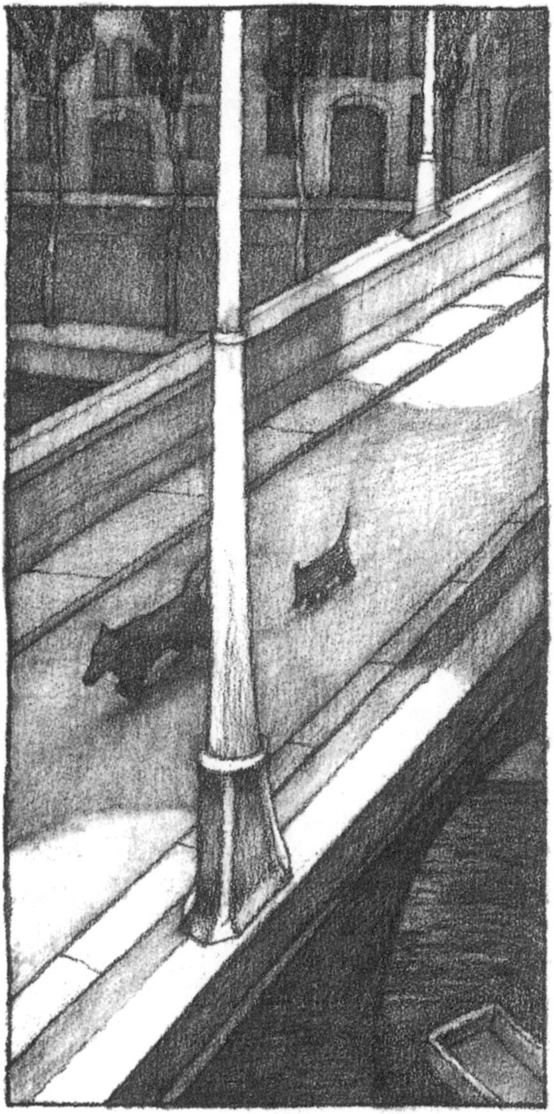

lle debía tranquilizarlo o preocuparlo aún más. Finalmente, Perro se violentó y consiguió articular:

—Me he perdido.

Hienoso le dijo a renglón seguido:

—Pues ya no estás perdido. Conozco París como la palma de mi mano. ¿Adónde quieres ir?

—Justamente quiero marcharme de París —explicó Perro con firmeza.

—¿Para ir dónde? —preguntó Hienoso mirándolo a los ojos.

—No lo sé... Hacia el sur —contestó Perro aguantando la mirada fosforescente.

—¡Qué casualidad! Tengo que ir a la estación de Lyon para esperar el tren de las doce y doce minutos. Sígueme —le ordenó Hienoso.

Sin dar tiempo a que Perro abriera la boca, se dio media vuelta y se puso en marcha.

Al principio, Perro lo siguió a cierta distancia. Hienoso tenía una extraña forma de andar. Formidables espaldas impulsaban con fuerza hacia adelante las patas delanteras, mientras su trasero, casi a ras del suelo, las seguía como podía. De vez en cuando tiraba un cubo de basura con el hocico, como sin querer, y le preguntaba sin darse la vuelta: «¿Tienes hambre?».

Perro se fue acercando. Pronto estuvo caminando junto a Hienoso. Entonces se sintió bastante orgulloso de sí mismo, tanto como si acabara de domar una fiera de verdad. Y aunque Hienoso no le había preguntado nada, Perro empezó a contarle su historia. Hablaba sin parar, igual que esa gente que no tiene con quien hablar y piensa que tiene muchas cosas que decir. Hienoso escuchaba frunciendo el ceño, lo que hacía resaltar sus cejas, tan negras y relucientes como el pelo de un tigre. A veces, le hacía una pregunta:

—Ese Gran Almizcle, o como se llame, ¿nunca te dejaba chorrear las ruedas de los coches?

—Nunca.

—No me extraña.

—¿Por qué no te extraña?

—Luego te lo explico. Sigue contando.

Perro seguía contando. No contaba de forma ordenada. Como todos los que se sienten abrumados por un motivo, siempre volvía a lo mismo: la actitud tan extraña de Manzanita.

—¿Te dejó tirado de la noche a la mañana? —preguntaba Hienoso.

—Así es, de repente, sin avisar.

—No me extraña —contestaba ineludiblemente Hienoso.

—¿Por qué no te extraña? —preguntaba Perro dejando de caminar.

—Luego te lo explico. No te pares, llevo prisa.

Cruzaron avenidas bien iluminadas, callejuelas de mala fama, pasadizos mal alumbrados y, finalmente, llegaron a los almacenes de la estación. Eran unas naves negras, gigantescas y silenciosas. Perro no distinguía nada, sólo los ojos brillantes de Hienoso junto a él. Alrededor de ellos olía a alquitrán, a humedad, a herrumbre y a cagafierro.

—Da miedo, ¿verdad? —susurraba Hienoso con su inquietante vocecita.

Y lanzaba una carcajada que iba retumbando por el laberinto de las naves, como si quisiera asustar todavía más a Perro.

Finalmente subieron por un cerro cubierto de gravilla, que se hundía bajo su peso. Una vez arriba, Perro notó algo frío bajo sus patas. Por encima de su cabeza, en el cielo, se desgarró una nube. Durante un segundo, Perro distinguió unos raíles que brillaban hasta perderse la vista.

—Bueno —dijo Hienoso—. Ahí está el sur; justo delante de ti. Adiós.

Y desapareció.

Las nubes volvieron a cerrarse. Perro nunca había imaginado que la noche pudiera ser tan oscura, tan tremendamente oscura. Ni siquiera distinguía la punta de sus patas. ¿Cuánto tiempo se quedaría así, paralizado por el miedo? Unos segundos, pero le parecieron horas. Al final perdió el control y gritó:

—¡Hienoso! ¡Oye, Hienoso! ¡No me dejes aquí!...

No hubo respuesta. Lo único que había era la noche, y un vientecillo cargado de olores inquietantes.

—¡Hienoso, por favor!

La voz de Perro parecía nublada por las lágrimas.

A lo lejos le contestó la risa de Hienoso. Parecía estar lejos y luego cerca; otra vez lejos, y otra vez cerca. Era una risa que lo llenaba todo.

—¡Deja ya de asustarme! —se enfadó Perro—. ¡Déjalo ya, que si no...!

—Si no, ¿qué? —le dijo de repente una voz demasiado amable.

Antes de que Perro pudiera contestar, un violento empujón lo tiró a la cuneta, terraplén abajo.

Cuando, todavía aturdido, intentaba incorporarse, dos ojos amarillos lo dejaron clavado.

—Qué pasa, ¿ya no quieres ir hacia el sur?

Y soltó otra carcajada. Luego, cambiando de tema, Hienoso le ordenó:

—Vamos, ven; iremos a buscar a Jabalí.

XXII. Hienoso y Jabalí

HABRÍA mucho que decir sobre Hienoso. Era un personaje complicado. Primero, porque le encantaba gastar bromas. Se las gastaba a todo el mundo, en cualquier momento, y no siempre eran de muy buen gusto. Además las acompañaba con esa risa suya tan estremecedora. Y sin embargo nadie le guardaba rencor. La gente incluso lo quería. Hienoso gozaba de un prestigio increíble. Y le sentaba fatal. Él hubiera preferido tener fama de malo, de auténtica fiera.

—Con la pinta que tengo, sería lo más natural, ¿no?

El problema es que era bueno, inevitablemente bueno. Había decidido proteger a Perro en cuanto lo oyó llorar. No podía evitar hacer favores, luchar contra la injusticia, intentar comprender a todos... Como se suele decir, estaba hecho de buena pasta.

—Es una especie de enfermedad que tengo de nacimiento: ¡me horroriza morder!

Y lo decía avergonzado, con una sonrisa que dejaba ver sus dos enormes colmillos amarillentos y ligeramente desgastados en la punta, pues ya no era tan joven.

—Pero si alguien agrediera, por ejemplo, a Jabalí, ¿lo defenderías? —le preguntó Perro.

De repente Hienoso mudó de cara, y Perro sintió el mismo terror que la primera noche cuando lo conoció.

—El Jabalí es el Jabalí. ¡Que se atrevan a meterse con él!

Y añadió con esa sonrisa suya tan característica:

—Que nadie se meta con mis amigos.

El Jabalí era revisor o conductor de trenes, o algo así. En todo caso, trabajaba en el ferrocarril. A eso se dedicaba.

Aquella noche en que los dos perros habían ido a esperarlo a la llegada del tren de las doce y doce minutos, los recibió con un simple saludo.

—¡Hola, Hienoso! ¿Me traes a un amiguito tuyo? ¡Pues sí que es guapo! ¡Otra maravilla de la naturaleza!

Hienoso se partió de risa, y al poco rato estaban los tres en casa de Jabalí.

La verdad es que, en cuanto Jabalí se quitaba la gorra, tenía una pinta que hacía honor a su nombre: una ancha cabeza negra, con unas greñas y unas cejas tan tiesas y tupidas que mejor no pasar la mano por ellas. Además era corpulento y tenía cara de pocos amigos.

«Cuando los dos cogemos el metro —dijo Hienoso—, el vagón se queda vacío.»

El piso del Jabalí era una auténtica leonera, lleno de cuadros colgados en las paredes y de estatuas de madera que él mismo esculpía pacientemente en las traviesas del ferrocarril. Algunas de estas obras representaban a Hienoso. Pero se trataba de un Hienoso muy hermoso, un Hienoso tal como hubiera sido en realidad si la realidad no le hubiera gastado una broma. Lo que llamaba la atención en el trabajo de Jabalí era la forma tan acertada de expresar la inteligencia de Hienoso, su valor, su flema, su sentido del humor, y, detrás de todo esto, su carácter grave, como una especie de tristeza, aunque tan escondida que no se podía ver a simple vista, ni siquiera en una fotografía. Era un retrato muy logrado, asombrosamente logrado.

La prueba es que Perro reconoció en seguida a su amigo cuando vio su retrato colgado en las paredes de la casa o encima de la chimenea.

—¡Pero si eres tú! ¿Y cómo es que estás tan guapo ahí?

—Lo que hace el amor… —contestó Hienoso poniendo cara de modestia.

Perro se había instalado tranquilamente en casa de Hienoso y de Jabalí. Sí, en casa de los dos, porque en ningún caso se podría decir que el piso fuera sólo de Jabalí. Hienoso tenía exactamente los mismos derechos que su amo —nunca decía «amo», sino que hablaba de su «amigo»— y podía entrar en todas las habitaciones. Sin embargo, no se aprovechaba de la situación.

—No duermo en su cama: con lo corpulentos que somos los dos, nos molestaríamos mutuamente, ¿comprendes?

Un día sí y otro no, Hienoso y Perro acompañaban a Jabalí a la estación de Lyon, algunas veces por la mañana; otras, por la tarde. Luego iban a dar un paseo por París.

XXIII. La única solución es la seducción

DESPUÉS de sus paseos, volvían a casa. Hienoso sabía abrir las puertas, lo que, para un perro, no está nada mal. Pero también sabía cerrarlas, lo que está aún mejor.

—Cerrar una puerta, limpiarte las patas, beber del grifo... Son pequeños trucos que tienes que aprender si quieres ser un perro libre.

—Pero a ti, ¿quién te ha enseñado esos trucos? —le preguntaba Perro.

—¡Jabalí, claro!

Perro no entendía cómo Jabalí podía ser el amo de Hienoso y al mismo tiempo enseñarle a ser un perro libre.

—¡No es mi amo! —le repetía por enésima vez Hienoso—. ¡Es mi amigo!

—¿Cuál es la diferencia entre un amo y un amigo? —preguntaba Perro.

Hienoso se lo explicaba con paciencia.

Se lo enseñó todo. Todo lo que Hocico Negro no había tenido tiempo de enseñarle. Todo lo que Lanudo tal vez le hubiera enseñado si no se hubieran conocido en la perrera.

—Pero gracias a ellos dos ya sabes bastantes cosas —reconocía admirativo Hienoso—. Gracias a Hocico Negro sabes leer los olores como nadie, sabes elegir los mejores trozos, ¡y seguro que a ti no te pilla ningún coche! Y ese amigo tuyo de la perrera, ¿no te enseñó el sentido del valor, de la amistad? Ésas son las dos cualidades del perro que honra a su raza. ¡Realmente era gente de provecho! Tuviste suerte de conocerlos.

Claro. Y ahora Hienoso le enseñaba lo demás. Le hablaba de los humanos; de las personas y de los perros, de las relaciones entre ambas partes.

—Pongamos, por ejemplo, que un hombre quiere pegarte, ¿qué es lo que haces?

—¡Lo ataco primero! —contestaba Perro erizando el pelo.

—¡Tonto! ¡Si no asustas ni a una mosca!

—¡No es verdad! —protestaba Perro—. Cuando estaba en el sur, asusté a una rubia gorda.

—Ya lo sé, ya me lo has contado. Pero porque era miope: te confundió con una rata. Las personas tienen pánico a las ratas.

—Bueno... Entonces, si me ataca una persona, ¿qué tengo que hacer?

—Te sientas, pones cara de tonto y la miras inclinando la cabeza hacia la derecha o hacia la izquierda y levantando una oreja y agachando la otra.

—¿Y qué?

—Que entonces se derrite; así, como suena, se vuelve suave como un guante. No hay ni uno que se resista, hasta los más feroces caen.

De repente, Hienoso ponía cara dubitativa.

—Voy a decirte algo, Perro; algo muy importante.

Se le arrugaba la frente de tanto pensar.

—¿Sí?

—Ahí va... Cuando uno es tan feo como lo somos nosotros, no cabe otra solución que la seducción.

—¿Qué es eso de la seducción?

La cabeza de Hienoso estaba cubierta por las arrugas fruto de su meditación.

—Hay que saber hacerse desear.

—¿Y cómo se hace eso?

Silencio. Larga mirada. Suspiro.

—Eso también te lo enseñaré.

XXIV. Los niños «mudadizos»

EVIDENTEMENTE, Perro se pasaba el tiempo hablando de Manzanita. Describía todas sus facetas: su testarudez, sus enfados, su ternura los primeros días, la autoridad que ejercía sobre los adultos, su crueldad en los últimos tiempos; en fin, todo.

—No quisiera disgustarte —le advirtió Hienoso una noche mientras charlaban—, pero esa pequeña Manzanita no tiene nada de particular. Es una niña como otra cualquiera; se está preparando para ser adulta; sólo que de momento está mudadiza.

—¿Cómo que mudadiza?

—Caprichosa, si prefieres; así lo llaman los adultos. Pero no se trata de capricho, es que está cambiante, todavía no sabe lo que quiere.

Como Perro no lo entendía, Hienoso se lo llevó para que viera a otros niños mudadizos. Era una tarde nublada durante la que salió un rayito de sol entre las tres y las cuatro. Las guarderías y los patios de recreo se habían llenado de pronto de niños minúsculos y ruidosos. Perro y Hienoso, sentados uno junto al otro, estaban observándolos detrás de las verjas.

Los niños estaban jugando debajo de los castaños. ¡Si es que se le podía llamar así a lo que estaban haciendo!... «¿Se le puede llamar a eso jugar?», se preguntaba Perro. Se dedicaban a una serie de actividades complicadas, de dos en dos o por grupos reducidos, con la mayor tranquilidad del mundo, cuando de repente la cosa degeneraba en pelea general. Pero las peleas terminaban tan pronto como habían empezado, y de nuevo los niños se ponían a jugar con una dedicación envidiable.

Perro se fijó en uno gordito y coloradito que estaba en una esquina del jardín, cerca del tobogán. Abría una boca inmensa y no dejaba de chillar, sentado sobre su enorme trasero. Le chorreaban las lágrimas de sus ojos hinchados. «Está muriéndose de pena», pensó Perro, a punto de desmayarse. Pero una hoja de castaño cayó volando justo delante del enano colorado. Dejó de llorar en el acto y se quedó embobado ante la hoja, sonriendo plácidamente, como si el resto del mundo no existiera para él.

En medio del jardín, una niña contaba algo apasionante a otra que parecía absorta por sus palabras. Se cruzó con ellas una tercera niña. La que estaba escuchando dejó a la que estaba hablando para irse con la que acababa de pasar. La primera siguió hablando sola, como si no hubiera pasado nada, y se reía a cada frase.

Pasó por delante del sitio donde otros niños estaban jugando con la arena. Entre ellos, Perro se fijó en el Meticuloso. Llevaba un cubo y una pala y acababa de construir la torre número catorce de su castillo de arena. Era una torre preciosa, con almenas, matacanes, troneras y todos los detalles. Trabajaba con gafas y con un cuidado extraordinario. Todas las torres iban unidas las unas con las otras por un camino de ronda en el que se había molestado en dibujar, con la punta del dedo, el contorno de unas piedras. Ahora estaba puliendo la superficie de la torre número catorce con el dorso de la pala; soplaba delicadamente sobre los granos de arena que sobraban y acariciaba con la miraba su obra maestra. ¿Cuánto había tardado en construirla? «¡Vaya paciencia!», pensó Perro. De repente, el Meticuloso levantó la cabeza. Un extraño destello le pasó por los ojos. Se incorporó de un salto, extendió los brazos y empezó a hacer un ruido de motor con la boca. Estuvo un buen rato así, sobrevolando el castillo, como si fuera un pájaro con motor, y de pronto, de golpe y porrazo, empezó a chillar: «¡TA-TA-TA-TA-TA-TA-TA-TOMA!», y destrozó a patadas las torres y las murallas. Fue como una explosión, con arena saltando por todas partes, nubes de polvo, unos horribles cráteres: ¡un verdadero cataclismo! Pronto no quedó nada del maravilloso castillo de las catorce torres. Luego, Meticuloso dejó de hacer el bombardero. Recogió su palita, la metió en su cubito y se fue, como si no hubiera pasado nada.

El patio se quedó en silencio. Empezaron a caer las primeras gotas de lluvia.

Perro no se lo podía creer.

—¿Ya lo has comprendido? —preguntó por fin Hienoso.

Pero Perro se quedó inmóvil, incapaz de contestar. «Hienoso está en lo cierto —pensaba—, todos los niños son como Manzanita, completamente cambiantes. Cambian de juegos, de preocupaciones, de cara, según sopla el viento y de forma tan imprevisible como la temperatura. En un segundo ya no son los mismos que antes.»

Entonces, Perro se acordó de la época —que le parecía muy lejana ya— en que él tampoco era capaz de seguir el rastro de un solo olor. En aquella época, él también era mudable, como los niños.

Y por primera vez entendió lo que Hienoso quería decir cuando le contaba:

—El problema es que maduramos siete veces más deprisa que ellos.

Eso era: mientras él, sin darse cuenta, se había hecho mayor, Manzanita seguía siendo una niña, una niña cambiante, como todas las niñas.

La lluvia arreciaba. El parque se había quedado vacío. Perro, perdido en sus pensamientos, oyó como de lejos la voz de Hienoso diciéndole:

—¡Vamos, ven; iremos a buscar a Jabalí!

XXV. Demasiado feliz

HIENOSO nunca se equivocaba en cuanto a los horarios de los trenes. Era una especie de sexto sentido. Jabalí siempre los encontraba a Perro y a él en su puesto, sentados al final del andén número seis. Los tres volvían a casa felices por estar juntos.

Realmente eran felices. Tanto que Perro se preguntaba cómo podía uno sentirse tan feliz, y eso le tenía preocupado, pues era demasiado hermoso como para ser cierto. Jabalí y Hienoso, en cambio, no se planteaban nunca este tipo de cuestiones. La felicidad les parecía algo natural. Perro los observaba con detenimiento. Estaban tan acostumbrados el uno al otro que nunca se daban muestras de su cariño. O casi nunca. Hienoso movía discretamente el rabo cuando llegaba Jabalí, y éste, tras hacerle una vaga caricia en la cabeza, empezaba a hablarle de la forma más natural del mundo, como si reanudara una conversación que había quedado interrumpida.

Cuanto más felices eran, más notaba Perro que lo estaba invadiendo una especie de tristeza. «¡Qué raro! —pensaba—. Será que no soy normal del todo.» Pero no podía evitarlo. Cuando veía a Jabalí moviendo sus pinceles y mirando con el rabillo del ojo hacia su modelo mientras daba las primeras pinceladas de un nuevo retrato de Hienoso —quien adoptaba una pose y ya no se movía—, no podía evitar que le vinieran a la cabeza unas imágenes espantosas.

Y siempre las mismas, claro está: la puerta de la nevera dando vueltas por el aire, el cuerpo de Hocico Negro abandonado en medio del basurero, el camión de la perrera, la mirada de Lanudo, el cadáver de aquel perro en el arcén de la autopista. Siempre volvían las mismas imágenes, una y otra vez. Le daba vergüenza pensar en estas cosas. No se lo comentaba a Hienoso. No quería aguarle la fiesta. Pero claro, Hienoso se daba cuenta de todo.

—¿Qué te pasa, Perro? ¡Vaya cara que pones!

—No, no; estoy bien, te lo aseguro.

—Si tú lo dices…

Hienoso no insistía, pues su experiencia le decía que, cuando Perro ya no pudiera más, acabaría contándole lo que entonces quería guardar secreto.

Eso fue lo que ocurrió un día. Perro estalló. Se había quedado dormido en medio de aquel ambiente de dolorosa felicidad y habían vuelto a acosarle los espantosos sueños de siempre. Luego, se despertó chillando tan fuerte que Jabalí despachurró tres tubos de pintura entre sus manazas y a Hienoso se le puso la carne de gallina.

—¿Qué pasa? ¿Qué ocurre? ¿Te ocurre algo, Perro? ¡Habla! ¡Di algo, caramba!

—Ocurre, ocurre... —jadeaba Perro—. ¡Ocurre que me siento demasiado feliz con vosotros dos! ¡Y eso no es posible, no es real, no es más que un sueño! ¡La realidad no es así; es distinta, completamente distinta! ¡La realidad está llena de perros muertos tirados en la cuneta, de perros muertos abandonados en un vertedero, de camiones negros, de directores de perreras que ponen cara de circunstancias, de neveras que te despachurran, de cachorros a los que tiran al agua porque son demasiado feos! ¡La realidad está llena de todo eso! ¡Ocurre que vosotros dos pertenecéis a un sueño, no sois de verdad; sois demasiado hermosos, demasiado hermosos para ser de verdad! ¡Ocurre que en cualquier momento voy a despertarme y me encontraré tumbado en una cuneta o tirado en un vertedero! ¡Ocurre que voy a morirme solo, más solo que la una; solo como mueren todos los perros, abandonados por sus amos! ¡Porque no es verdad: los amigos no existen, es un rollo! Lo único que existe son los amos, y para ellos siempre eres demasiado tonto, demasiado feo, demasiado molesto, demasiado lento en seguir el rastro; los amos que nos estrangulan con sus correas, que nos aplastan con sus neveras, con sus coches; los amos que nos abandonan, ya muertos, en el arcén de una autopista o en un vertedero cualquiera. ¡Solos, solos en medio de los coches que siguen pasando, solos en medio de los escombros! ¡Solos...!

Así estuvo durante un rato. Era una larga, larguísima queja, uno de esos aullidos que nacen en la más remota historia de los perros del mundo entero y que estalla, cualquier noche de tristeza, en boca de cualquier perro que se siente desdichado.

Jabalí no reaccionaba, y la pintura de sus manazas goteaba sobre la alfombra. De vez en cuando echaba una ojeada a Hienoso, como diciéndole: «¡Venga, haz algo, por Dios!». Pero Hienoso no podía hacer nada sino esperar.

Cuando Perro se quedó sin aliento, después de soltar toda su angustia; cuando se quedó como atontado, con el corazón palpitante, las piernas temblando, la garganta reseca y el hocico ardiendo; cuando se quedó vacío, completamente vacío y desamparado, entonces y sólo entonces le dijo Hienoso:

—Ven conmigo, Perro; voy a enseñarte algo, y tú me dirás si se trata de un sueño.

Se le notaba tan autoritario que fue como si Perro recibiera un jarro de agua fría. Hienoso ya había abierto la puerta del piso y estaba saliendo. Perro lo siguió sin decir nada.

XXVI. El cementerio de los perros

ATRAVESARON París de punta a punta. Hacía tiempo que la noche había caído. Al llegar a un punto, Hienoso le ordenó:

—Espérame aquí.

Perro se sentó y se quedó esperando. No tuvo que esperar mucho, pues en seguida volvió a aparecer Hienoso en la misma esquina en que antes había desaparecido. Traía un pájaro grande en la boca y venía a escape. Detrás venía corriendo un tipo gordo con un mandil blanco que gritaba al ladrón con una voz espantosamente chillona. Los transeúntes se reían. Hienoso pasó corriendo delante de Perro. Y éste dudó un segundo —¡realmente un segundito de nada!— antes de tirarse a las piernas del perseguidor.

Se oyó un chillido, un ruido de algo que cae, algo así como un avión blandengue que se estrella;

luego, Perro dio un salto hasta la acera y, sin pensárselo dos veces, todavía aturdido, se fue corriendo detrás de Hienoso, que acababa de doblar la esquina de la calle.

Poco después iban caminando juntos, y Perro, sobreexcitado, hacía un montón de preguntas:

—¿Adónde vamos?... ¿Para qué es el pájaro?... ¿Tú crees que Mandil Blanco estará malherido? Di, ¿adónde vamos?

Pero Hienoso caminaba deprisa, apretando las mandíbulas sobre su presa, silencioso, con la mirada aún más intensa que de costumbre.

Por fin llegaron a orillas del Sena, a los límites oscuros de París, allí donde se yerguen las fábricas, detrás de la cortina amarillenta de las viejas farolas. El agua corría tan oscura como el cielo que los cubría. Se veía un puente, y aquel puente tan iluminado era como un agujero resplandeciente en medio de la oscuridad. Hienoso parecía estar dudando. Frunció el entrecejo, se le estrecharon las pupilas. Estaba registrando la noche en la dirección en que apuntaba el túnel luminoso. Perro lo observaba. De repente Hienoso se quedó con la mirada fija. Perro miró en la misma dirección. Y de pronto apareció ante sus ojos algo que no había visto al principio: una masa oscura se destacaba por encima del río, allí, al final del puente. ¡Eran árboles, unos árboles inmensos! Desde donde estaban, a pesar del rugido de la ciudad, se oía el murmullo de las hojas. Los árboles, despenados, se erguían en medio de una islita perdida entre los torbellinos del agua. Sus hojas, que recibían la luz por debajo, lanzaban breves destellos plateados en medio de la noche. Hienoso echó a andar. Perro pasó el puente detrás de él, entre las paredes de aquella luz tan resplandeciente. Y por primera vez pudo observar el pájaro. ¡Qué plumas: algunas parecían de oro, y el color rojo de otras era muy intenso! Tenía más de diez colores, todos mucho más vivos que los de la paleta del mismo Jabalí. Perro volvió a preguntar:

—¿Para qué es el pájaro?... Y además, ¿de qué tipo es?... Di... ¿Es un pájaro pintado o un pájaro de verdad?...

Hienoso seguía sin contestar. Caminaba con la cabeza erguida y el cuello tenso debido al peso del pájaro, pues era más grande incluso que Perro.

Por fin llegaron al final del puente, ante un pórtico de grandes piedras mal unidas. Encima había algo escrito, pero, naturalmente, Perro no podía leer lo que ponía. La verja de hierro forjado estaba abierta y parecía invitar a que la gente entrara. Sin embargo, Hienoso no entró. Dio dos pasos, dejó el pájaro entre las dos columnas del pórtico, se echó para atrás, se sentó y esperó. Perro se sentó junto a él.

—¿Qué es este lugar? —preguntó en voz baja.

—Es el cementerio de los perros —le contestó Hienoso sin manifestar ningún tipo de emoción.

—¿Y a qué estamos esperando? —cuchicheó Perro, dudando entre entrar o echar a correr.

—Estamos esperando; eso es todo. Ya lo verás luego.

Detrás del pórtico no se veía ninguna luz. El cementerio, en la penumbra, parecía completamente vacío. Sólo se distinguía la sombra imponente de una estatua que representaba a un San Bernardo, con su barrilete de ron colgado del cuello y un niño delicadamente cogido en su enorme boca. El viento murmuraba. El agua chapoteaba en las orillas de la isla. Llevaban ya algún tiempo esperando cuando apareció un gato. En realidad se trataba de una bonita gata egipcia, fina, vigorosa y color arena. Parecía haber nacido de la misma oscuridad. Perro se sobresaltó y empezó a gruñir y a poner cara de pocos amigos.

—Cállate —le ordenó Hienoso.

La gata se había sentado frente a ellos y estaba mirándolos. No parecía en absoluto inquieta, sino todo lo contrario. Esperó a que Perro se tranquilizara, luego cogió al pájaro por el cuello y lo arrastró dentro del cementerio. Entonces dijo Hienoso:

—Vamos.

El cementerio estaba más iluminado de lo que aparentaba desde fuera. La luz del puente asomaba aquí y allá por entre las ramas más bajas de los árboles. Parecían rayos de sol que caían oblicuos sobre cada una de las tumbas, como en una catedral. Alrededor, por todas partes, se cernía la noche. Se veían tumbas de todo tipo —grandes monumentos y tumbas pequeñitas; de mármol, de granito o simplemente de cemento— y distintos nombres escritos sobre ellas: Príncipe, Duquesa, Faraón, Rex, Leo, Luna, Zorro, Gus... Hienoso los pronunciaba lleno de respeto, así como los últimos mensajes que sus amos habían escrito debajo: *«A Luna, que fue nuestra amiga; siempre pensaremos en ti»*. *«A Charli, nuestro querido Charli, que compartió con nosotros los buenos y los malos momentos.»* *«Adiós Luna, me quedo llorando.»* *«¡Ay, Pisco, tenías buen carácter, eras mejor que yo...»* Y en todas aquellas inscripciones se notaba el profundo dolor de las personas que han perdido a su perro y dejan oír su llanto.

Todas las tumbas tenían flores, y entre ellas crecían unos árboles grandes, increíblemente vigorosos.

—No son árboles —indicó Hienoso—; son perros que se han vuelto árboles.

Pero lo que más extrañó a Perro fue la cantidad de gatos que estaban merodeando por el cementerio. Cualquiera hubiera dicho que aquél era su reino.

Uno de ellos, un gato negro, delgado, ágil y apacible, realizaba con su garra un dibujo muy bonito sobre la arena que rodeaba a una tumba de pórfido rosa que había adornado con plumas. Perro las reconoció en seguida.

—Como ves —dijo Hienoso—, durante el día quienes guardan y adornan nuestro cementerio son los humanos, pero durante la noche son los gatos... ¡Y son buenos vigilantes! —añadió mientras movía la cabeza para indicarle hacia dos ojos amarillos que, no lejos de allí, los miraban sin pestañear siquiera.

Nada más cruzar la entrada al cementerio, a mano derecha, adornada con flores, se levantaba la tumba de un perro solitario, un perro que no había tenido amo pero que había decidido dormirse para siempre allí, en el cementerio de los perros felices.

Perro quiso darse otra vuelta. Hienoso aceptó. Perro quiso que Hienoso leyera de nuevo los nombres que aparecían en las tumbas. Hienoso volvió a pasar lista a todos los perros del cementerio. Perro quiso oír otra vez todos los epitafios. Hienoso volvió a leerlos. Perro quiso darse una tercera vuelta. Hienoso se negó.

—No —dijo—. Volvamos a casa.

Se dirigieron en silencio hacia la salida. «¡Los humanos son realmente imprevisibles!». Eso era, más o menos, lo que estaba pensando Perro. «¡Y los gatos también!» Eso era, más o menos, lo que se decía luego. No se le ocurría pensar otra cosa. Se había quedado mudo, deslumbrado, anestesiado, hipnotizado: le parecía estar pisando una nubecita.

Llegaron a la verja. Y, hablando de gatos, justamente se encontraron con uno que los estaba esperando. Era la gata egipcia de antes. Perro imitó a Hienoso, se sentó frente a ella. Entonces, la Egipcia les guiñó un ojo, señaló con la cabeza hacia una esquina del cementerio y echó a andar, irguiendo el rabo como hacen todos los gatos cuando se disponen a comer.

—Sigámosla —dijo Hienoso—: el Italiano nos invita a cenar.

XXVII. El Italiano, el Artista y la Egipcia

EL Italiano era el jefe de todos ellos (de todos los gatos del cementerio). Hienoso lo conocía desde hacía tiempo. Eran amigos. Lo llamaban el Italiano porque era el gato preferido de un viejo actor italiano, riquísimo y refinado, que alimentaba a sus gatos con salmón, faisán y caviar auténtico. «¡Es un escándalo! —murmuraban los vecinos—. ¡Con toda esa gente muriéndose de hambre!» La diferencia era que la puerta del actor estaba abierta para cualquiera, mientras que la de los vecinos estaba cubierta de cerrojos.

De modo que el Italiano vivía en casa del actor con la Egipcia, con el Artista y con la Rosada, sus tres amigos. El Artista era el gato negro y ágil que antes estaba adornando la tumba de pórfido rosa. Y esta tumba era precisamente la de la Rosada, un cielo de perra, de color rosado, dulce como un ama de cría, que había pasado sus dieciocho años de vida en casa del actor. De tanto vivir, la Rosada se había quedado sin resuello. Apenas podía respirar. Una mañana, cuando el Italiano (el gato) se despertó y fue a frotarse contra ella ronroneando, la Rosada no movió el rabo, ni arrugó el hocico, ni siquiera abrió un ojo. Había dejado de respirar. Vivir se había convertido en algo demasiado difícil.

¡Fue increíble lo que pudo llorar el actor! «¡Tantas lágrimas por la muerte de un simple bicho!», se burlaban los vecinos, que, por su parte, estaban tranquilamente esperando la herencia de su abuela. Había que enterrar a la Rosada. El actor había mandado constuirle una tumba de pórfido rosa con reflejos grises, exactamente del mismo color que su pelo. A partir de entonces, el Italiano, la Egipcia y el Artista montaban guardia en el cementerio de los perros. Muy pronto se les unieron otros gatos, y es que, a lo largo de su vida, un gato siempre conoce a un perro que se convierte en un ser imprescindible para él. Se lleva mal con los otros, pero a ése en concreto lo quiere; así es.

El Italiano vivía con la Egipcia y con el Artista en un amplio nicho abandonado, al final del cementerio, junto a la casa de los guardeses. Salió a recibir a Perro y a Hienoso en cuanto la Egipcia los hubo anunciado con un maullido. El Italiano era un señor gato, negro y blanco, muy distinguido, y dos veces más alto que Perro. Parecía llevar chaqué o esmoquin con una pechera blanca delante, y, sobre ella, se distinguía un cuello de pelos negros a modo de pajarita. Tenía una expresión juguetona, dulce y sonriente. Por la lentitud de sus gestos se notaba que la hospitalidad era algo muy importante para él. Se presentó ante Hienoso y Perro con una sonrisa acogedora en los labios. Hienoso levantó la pata delantera en señal de amistad y la puso sobre el hombro de su anfitrión. El Italiano arqueó la espalda y fue a frotarse contra el pecho de Hienoso. Luego miró a Perro, quien, impresionado, levantó torpemente una pata, mientras pensaba que nunca alcanzaría al hombro del Italiano. Pero éste, agachándose con una sorprendente agilidad, se coló por debajo de la pata de Perro y se frotó también contra su pecho. Durante un momento, Perro tuvo la impresión se ser muy alto, lo que le produjo un delicioso sentimiento de orgullo.

La misma ceremonia tuvo lugar con el Artista. Éste tenía el pelo de un negro tan perfecto y tan lustroso que incluso reflejaba las luces del puente iluminado, que, sin embargo, quedaba lejos. De ese modo, su pelo adquiría unos reflejos movedizos que le proporcionaban una inquietante belleza.

Una vez hechas las presentaciones, todos entraron en el nicho.

El Artista lo había dejado precioso, adornado con plumas, tapices, flores, pieles robadas vete a saber dónde. En medio de ese espléndido decorado los esperaba el faisán robado por Hienoso, desplumado y trinchado, listo para saciar su apetito. Se lo comieron llenos de respeto. Su silencio honraba a la Egipcia, quien había preparado la cena y estaba estirando su cuerpo color arena sobre las pieles. De todas formas, Perro tampoco se sentía con ganas de hablar. Estaba alucinado. Le parecía estar flotando, cada vez más distante de la realidad. Finalmente, cuando llegó la hora de despedirse, pues las luces del puente se habían apagado y estaba amaneciendo, como tenía que decir algo: dar las gracias, hacer un cumplido, decir cualquier cosa amable, miró a Hienoso y balbuceó:

—Diles que ha estado verdaderamente..., que ha estado fenomenal... Ha sido como... ¡Ha sido como un sueño!

Al oír estas palabras, un extraño destello apareció en la mirada de Hienoso. Era como un rayo de cólera furibunda o algo por el estilo.

Hienoso miró fijamente al Italiano, y Perro notó que el mismo destello inquietante aparecía en la mirada del gato.

«¿Qué habré hecho? —se preguntó Perro—. ¿Qué inconveniencia habré dicho?»

Pero, antes de que le diera tiempo a encontrar una respuesta, oyó un breve chasquido —una garra afilada acababa de aparecer en la pata del Italiano; sólo tenía una garra, pero, ¡qué garra!—; luego se oyó un silbido, y sintió que una terrible quemadura le cruzaba la mejilla.

Hienoso alcanzó a Perro cuando éste ya llegaba al final del puente.

—¿Qué he dicho? ¿Qué he dicho? —lloriqueaba Perro, que seguía temblando de miedo—. ¿Por qué me ha arañado?

Se pasó la pata por la mejilla ensangrentada.

—Le dije yo que lo hiciera —aseguró Hienoso.

—¿Tú? ¿Pero por qué le dijiste que lo hiciera?

—Para que supieras que no se trataba de ningún sueño —contestó Hienoso. Y echó a andar como si no hubiera pasado nada.

La herida de Perro cicatrizó en pocos días. Le dejó una zona entumecida y gris en la que el pelo no volvió a crecerle. Cada vez que tocaba la cicatriz en su mejilla, Perro sabía que su felicidad no era un sueño.

Así hubieran podido seguir las cosas hasta el final de sus días. Y, sin embargo, cambiaron. Perro dejó a sus amigos. ¿Por qué? Ésta sí que es una buena pregunta. Quizá porque, como Hienoso decía: «El problema es que, aunque nada parece cambiar en la vida, todo está cambiando».

XXVIII. ¡Manzanita!

ERA el mes de mayo. La primavera había vuelto. Los días se hacían más largos. Perro estaba paseando solo por París. Cogió esta costumbre desde que empezó a conocer la ciudad y el metro casi tan bien como Hienoso. Cada uno por su lado, daban un paseo, y por la noche se contaban todo lo que habían visto.

Perro no dejaba de darle vueltas al asunto de «los niños que cambian». De modo que se había aficionado a las salidas de clase. Sobre las cuatro de la tarde, se sentaba en una acera para mirar a los niños que salían del colegio. Siempre ocurría lo mismo, como si una olla exprés estallara: los niños se lanzaban a la calle, los guardias encargados de la circulación se quedaban estupefactos y los camiones daban frenazos.

Evidentemente, ocurrió lo que tenía que ocurrir. Una tarde en que se había sentado tranquilamente delante de un colegio con bandera tricolor, mientras estaba ocupado en estudiar a los niños de la acera de enfrente, Perro oyó una voz chillona que gritaba su nombre.

—¡PERRO! ¡PERRO!

Se paró la circulación. A los peatones se les puso el pelo de punta. En cuanto a Perro, fue como si se le cuajara la sangre. No cabía la menor duda: ¡era su voz, era ella, Manzanita! Estaba delante de la puerta del colegio, con su enorme boca abierta y su aureola pelirroja.

—¡PERRO, VEN AQUÍ AHORA MISMO!

Él se quedó clavado en el sitio, sin saber exactamente lo que sentía: ¿una alegría inmensa?, ¿un miedo espantoso?, ¿ganas de echarse en brazos de Manzanita?, ¿ganas de salir corriendo? No se movió. Manzanita tampoco. Apretaba los puños y chillaba desgañitándose:

—¡HE DICHO QUE VENGAS AQUÍ AHORA MISMO!

La Tierra había dejado de girar: lo único que Perro veía era aquella especie de sol pelirrojo, justo al otro lado de la calle, empezando a patalear:

—¿QUIERES QUE VAYA A BUSCARTE?

Y se puso a cruzar la calle arrastrando una cartera más pesada que ella. Se oyeron frenazos, bocina-

zos, pitidos, gritos, todo un estruendo que sacó a Perro de su embelesamiento. «¡Que no me coja! ¡Yo me largo!» Y cuando Manzanita llegó a la acera, Perro ya se había alejado diez metros. Se detuvo para mirarla mejor. Había cambiado, aunque seguía siendo la misma: había crecido, tenía el pelo un poco menos tieso, casi rizado, pero su voz era la misma que antes:

—¿QUIERES VENIR, SÍ O NO?

«¡No!», pensó Perro, y, mientras ella avanzaba, él se alejó otros diez metros. La enorme cartera la molestaba. La dejó tirada, lo que curiosamente alegró a Perro; aquella cartera siempre había sido su principal rival. Ella echó a correr. Él dejó que se acercara tanto que casi podía tocarlo, pero luego pegó un salto y corrió hasta el final de la calle. Ella se paró en seco. De nuevo abrió la boca, pero esta vez no salió ningún sonido de ella. Así que volvió a cerrarla y, apretando los labios y los puños y mirándolo fijamente, echó a andar de nuevo. Caminaba despacio. Perro la esperaba sin moverse. Cuando faltaban dos o tres metros para alcanzarlo, se paró y miró a su alrededor. Había una obra en la acera: estaban arreglando algo. Rápida como un gato, Manzanita cogió una piedra y la levantó por encima de su cabeza. Estaba apuntando a Perro. Éste dudo un instante. Luego, en lugar de huir o sacar los colmillos, de repente se sentó, puso cara de tonto e inclinó la cabeza, irguiendo una oreja y dejando caer la otra. El efecto fue inmediato: la mano de Manzanita se abrió y la piedra cayó a sus pies. La voz de la niña se hizo más suave.

—Ven aquí, Perro, por favor.

Casi se da por convenido. Algo en su interior se derritió, fue como una ola de felicidad repentina. Pero en lugar de dar un salto hacia adelante, lo dio hacia atrás. Y cuando ella echó otra vez a andar, él hizo lo mismo.

De ese modo la llevó lejos del colegio. Al principio, la niña intentó otros ataques por sorpresa. Iba andando como si nada, mirando alrededor suyo como si fuera una turista americana y, de repente, ¡hop!, daba un salto hacia adelante. Pero él no le quitaba los ojos de encima. Las manos de Manzanita se cerraban como unas enormes tenazas, aprisionando el vacío. De nuevo él se quedaba sentado delante de ella, pero fuera de su alcance. Entonces Manzanita se cogía una rabieta, chillaba, lo amenazaba, pataleaba.

Otras veces sacaba un caramelo de su bolsillo, se agachaba, le ofrecía el cebo, esperaba con la paciencia de un pescador. Perro también esperaba. Esperaba a que ella guardara ese ridículo caramelo. Y de nuevo echaban a andar. Ahora ya estaban muy lejos del cole. Ya no era por la tarde; había caído la noche. Mazanita había desistido de cogerlo por sorpresa. «Ya te cansarás.» Eso era lo que Perro leía en su mirada llena de determinación. «Te cansarás antes que yo.» Pero las cosas no fueron como ella había previsto. La que estaba cansándose era ella.

Entonces intentó otro truco. Se echó a llorar. Lloraba silenciosamente mientras lo miraba como si fuera el más cruel de los verdugos. Perro nunca había visto tantas lágrimas juntas: era una verdadera inundación. ¿Sería de verdad tan malo como ella decía? ¿Se estaría portando como un monstruo? Estaba a punto de echar a correr hacia Manzanita cuando oyó una voz por encima de ellos.

—¿Qué te pasa, pequeña? ¿A qué viene tanta pena? ¿Te has perdido? ¿Quieres que yo te ayude a encontrar tu casa?

Era un señor algo mayor que llevaba una bolsa de cuero y unos zapatos relucientes.

—¡A LA PEQUEÑA NO LE PASA NADA! ¡LA PEQUEÑA ESTÁ REQUETECONTENTA! ¡MÉTASE EN SUS ASUNTOS! ¿NO VE QUE ESTOY OCUPADA? ¡LÁRGUESE O LLAMO A LA POLICÍA!

—Pero... pero... —tartamudeó el amable transeúnte. Y se largó rozando las paredes.

Manzanita se quedó plantada en medio de la acera, temblando de rabia, pero sobre todo furiosa consigo misma. Perro había comprendido... Había que volver a empezar.

Volvieron a empezar.

Cogieron unas avenidas interminables, cruzaron unas plazas inmensas, se perdieron por un laberinto de callejuelas, bajaron por pasadizos subterráneos, subieron unas escaleras empinadas. Y así hasta muy avanzada la noche. Manzanita ya no sabía donde estaban. Los pies le dolían de forma espantosa. Pero no le importaba nada. Lo único que veía era a Perro. Perro, que estaba a pocos metros de ella; Perro, que no parecía en absoluto cansado, y al que seguía sin poder agarrarlo.

Intentó un último truco.

—¡Bueno, vale, has ganado! Si no quieres seguirme, vete a donde quieras. ¡Hasta luego!

Inmediatamente se dio la vuelta y se alejó con paso firme.

Perro la vio doblar la esquina. Se quedó sentado. Dejó que transcurrieran tres segundos, diez, quince, sin quitar la vista de la esquina de la casa. Al cabo de un minuto, la cabeza pelirroja volvió a aparecer. Pero ya no tenía nada que ver con el sol de antes. Era una cabecita que daba pena y que se preguntaba angustiada si Perro estaría esperando. Sí, allí estaba, sentado en la acera, con la cabeza erguida, esperando. Pero, ¿qué estaría esperando? ¿Qué esperaba? «¿A qué espera?» Manzanita buscaba desesperadamente la respuesta. Y él estaba esperando justamente que ella encontrara la respuesta. Así permanecieron mucho tiempo, mirándose. Luego, de repente, ocurrió algo cuando los dos estaban empezando a perder la esperanza. Manzanita se acercó. Él no se echó para atrás. Cuando ella llegó a su altura, no intentó agarrarlo y él no intentó huir. Ella se dejó caer en el bordillo de la acera. Él agachó la cabeza y la miró a escondidas. Ella se puso a hablar. Dijo:

—Es verdad, Perro, tienes razón; me he portado mal, he sido egoísta, tonta; te he hecho sufrir, te he abandonado, es verdad. Pero, ¿qué quieres que te diga? Me gustaría que volvieras, te echo de menos; he llorado demasiado; ya está, lo siento. Claro que no puedo obligarte a volver, no serviría de nada si te digo que no lo haré más, no tienes por qué creerme, y sin embargo no volveré a hacerlo... O por lo menos eso creo... ¡No, estoy segura, no volveré a hacerlo! Te quiero demasiado, te he echado demasiado de menos, no volveré a hacerlo, te lo prometo.

Todo eso dijo, en voz tan baja que era casi un murmullo, buscando las palabras y quitándose los zapatos y luego los calcetines. ¡Cómo llevaba los pies!

Decidieron volver en metro. Fueron hasta la puerta de Italia, ella con los zapatos en la mano, él acurrucado sobre las rodillas de ella. Por fin ella se mostraba tranquila y cariñosa como la Manzanita de los días felices, y él, por fin, dejó escapar un suspiro victorioso.

XXIX. Manzanita y él

BUENO, pues hemos llegado al momento en que Perro está en casa de Manzanita. Han pasado dos meses desde que se encontraron. También hace dos meses que está de nuevo con Gran Almizcle y con Pimienta, lo que, desde luego, resulta mucho menos agradable.

Cuando Manzanita se presentó en casa, en plena noche, con los pies ensangrentados y con Perro en brazos, Gran Almizcle y Pimienta ya habían revolucionado a los hospitales, a la policía y a los bomberos. «¡Nuestra hija ha desaparecido! ¡Nuestra hija ha desaparecido!...» Estaban desquiciados. Pimienta pensaba en un secuestro y estaba esperando, junto al teléfono, que alguien pidiera un rescate. Los vecinos intentaban tranquilizarla:

—¡A lo mejor sólo la ha pillado un autobús!

—¿No se habrá ido a Katmandú?

—O tal vez se haya ahogado en el Sena...

Hacían lo que podían.

Gran Almizcle daba vueltas como un león enjaulado al que le han quitado su hueso. No paraba de repetir:

—Si alguien le ha hecho daño, si alguien le ha puesto la mano encima...

Y miraba a los vecinos con una cara tan expresiva que todos volvían la vista. Luego, de repente, se derrumbaba y lloraba:

—¡Mi princesita! ¡Quiero que encuentren a mi princesita!

Eran más de las doce de la noche cuando de repente llamaron al timbre. «¡Ring!» Todos corrieron a abrir la puerta. ¡Era Manzanita! Manzanita descalza y con Perro en brazos.

—¡Pero bueno! ¿De dónde sales? ¿Tú crees que éstas son horas de llegar? ¿Dónde te habías metido? ¿No te da vergüenza? ¿Te das cuenta, di, de que hemos avisado a la policía, a los bomberos y a los hospitales? ¿Sabes por cuánto nos va a salir la broma? Y los vecinos, ¿qué van a decir los vecinos? ¡Míralos, ya están burlándose de nosotros! ¿A que es culpa del perro? ¡Seguro que es culpa de este maldito chucho!

Total: empezaron a mirar a Perro con recelo. Todavía más que antes, si cabe, y con el tiempo la cosa no fue a mejor. Hasta se podría decir que últimamente va a peor. Pero a Perro le importa un comino.

Manzanita lo quiere y su amor le basta. En dos meses ha conseguido amaestrar a la niña. Su ama se ha convertido en su amiga. Empezó por enseñarle que él era más importante que su cartera, que sus muñecas, que sus discos y que sus caprichos. Luego se negó a ponerse sobre las patas traseras o a dar la patita en público. La enseñó a no tratarlo como si fuera una atracción de circo sino como a un perro de carne y hueso. Darle la patita a ella, vale; ponerse sobre las patas traseras para ella, de acuerdo. Pero que no trascienda; eso es un secreto entre los dos. También la enseñó a reconocer cuándo está enfermo un perro. Hocico seco y caliente: perro enfermo; hocico mojado y frío: perro sano. Justo al contrario que los hombres. Se seca el hocico con un trapo de la cocina hasta dejarlo ardiendo y áspero como una lija, luego pone una cara que da pena verlo y se arrastra como si no le quedara sangre en las venas. Entonces, Manzanita exclama: «¡Perro! ¡Dios mío, Perro, qué malito estás! ¡Ven aquí que te cure!», y empieza a prepararle platitos de leche cortada con agua, en la que mezcla la yema de un huevo y también la cáscara: «¡Es bueno para las muelas, es calcio!». O sea, se lo va montando. Si alguna vez ella agarra una de sus famosas rabietas —cosa que sigue ocurriendo de vez en cuando—, él simplemente se da la vuelta y se niega siquiera a mirarla durante uno, dos o tres días, hasta que ella le presenta sus disculpas. A cambio de todo esto, él está pendiente de todas sus penitas. Deja de comer cuando ella no come, le seca las lágrimas cuando ella llora, y cuando sus padres se meten con ella, él les echa unas miradas tan llenas de reproche que se ponen colorados —a los perros les sale muy bien hacer ese tipo de cosas—. Todos los días la acompaña al colegio y va a buscarla. Es un perro inteligente que sabe distinguir entre un deseo y un capricho. También es un perro fiel, aunque independiente. En varias ocasiones se ha ido de casa para ver a Hienoso, porque a los amigos no hay que abandonarlos nunca, bajo ningún pretexto. Hienoso siempre se alegra de verlo.

—Me quedo con Manzanita —le explica Perro—. Es como si fuera mi Jabalí personal, ¿entiendes?

—¿Cómo te las arreglaste para recuperarla?

Perro sonríe con el bigote. Dice en voz baja:

—Hice que me deseara.

—¿Y los padres? —pregunta Hienoso.

—No tiene importancia.

—No estoy de acuerdo. También a ellos tendrás que amaestrarlos si quieres que te dejen en paz.

A veces se queda unos días con Hienoso, y aprovecha para andar de picos pardos. Al principio Manzanita le puso mala cara, pero acabó aceptándolo. Él la deja en paz cuando juega con sus amigas. Que cada uno lleve su vida, ése es el secreto de la amistad.

Pero con los padres, en efecto, es otra historia.

—¡Este perro está hecho un vagabundo! ¿De dónde sales ahora? ¡Fíjate qué asqueroso viene! Un día de estos nos va a traer todas las pulgas de París…

E inmediatamente, Pimienta empieza a ventilar toda la casa como si hubiera una fuga de gas y peligro de explosión; se pone a limpiar con frenesí y echa carreras con la aspiradora para acabar con los pelos de Perro, que tan harta la tienen; lo controla todo, milímetro a milímetro. ¡Qué diferencia entre este piso y la alegre leonera de Jabalí! Aquí parece que todo es definitivo, que cada cosa tiene su sitio para siempre. Menos mal que queda la habitación de Manzanita. Por otra parte, Perro siempre está con Manzanita y Manzanita siempre está con Perro, lo que empieza a poner nervioso a Gran Almizcle. Está cada vez más arisco y cada vez habla menos.

—¿O sea que ahora tus padres ya no pueden hablar a solas contigo? ¿Siempre tienes que ir acompañada?

Y lanza a Perro una mirada de odio.

—Me crispa los nervios el chucho este.

Perro todavía no lo sabe, pero eso se llama tener celos, y alguien que tiene celos es alguien terrible. Alguien muy peligroso.

XXX. Su casita

ÉSTE es el panorama. Es lo que cuenta el primer capítulo de esta historia. El ambiente se ha puesto cada vez más tenso. Manzanita se niega a comer. Perro también. Algo se está tramando, pero Perro no sabe qué. Por primera vez en varios meses, han vuelto sus pesadillas: mala señal. Se ha despertado chillando. Manzanita ha venido a buscarlo. Ha vuelto a conciliar el sueño en la cama de ella. A su lado, Manzanita está leyendo una aventura de Basilio. Se lleva muy bien con Basilio *el Mago*. Tiembla y se ríe a la vez: ¡genial! Luego levanta la mirada y acaricia a Perro mientras murmura: «¡Mi maguito mío!», y él suspira feliz. Por los belfos le sale un «¡flap, flap!».

Pero la puerta de la habitación se abre y empieza el día:

—¿Qué hace ese perro en tu cama? ¡Ya te hemos dicho más de cien veces que no puedes dormir con ese perro! ¡Manzanita, esto no puede seguir así!

—¿Qué es lo que no puede seguir así? —pregunta Manzanita con tono amable.

—¡Esto, todo esto! —contesta Pimienta sin querer entrar en detalles.

Y desaparece.

Un cuarto de hora más tarde, Manzanita y Perro entran en el comedor para desayunar. Pimienta y Gran Almizcle estaban charlando, pero se callan de repente. Silencio. Lo único que se oye es el ruido que emite la rebanada de pan.

Y de repente, sin que venga a cuento, Pimienta exclama:

—¡Mañana nos vamos de vacaciones!

Manzanita levanta la mirada. Se queda mirando a Pimienta de forma insistente.

Tiene una costrita de chocolate seco en la comisura de los labios.

—¿Adónde? —pregunta por fin.

—¡Pues a la costa, claro está! —exclama Pimienta—. ¡Vamos a Niza!

Gran Almizcle no dice nada. Manzanita lo mira, mira a Pimienta, mira la rebanada que ya ha mordido. Antes de mojarla otra vez en la taza, pregunta:

—¿Perro viene con nosotros?

Se produce algo así como un microscópico titubeo.

—¡Claro que sí! —exclama alegremente Pimienta.

¡Qué rara suena esa alegría tan repentina!

—¿Que sí? —insiste Manzanita.

—¿No te lo están diciendo? —interviene Gran Almizcle mientras consulta su reloj.

—Por eso mismo... —empieza a sospechar Manzanita.

Pero en seguida la interrumpen:

—No querrás que lo dejemos solo en París... ¿Por quién nos tomas? Perro se viene con nosotros y ya está.

Quien acaba de soltar el discurso es Gran Almizcle.

Manzanita espera la continuación. En seguida llega. Su padre añade mientras manosea una cucharilla:

—Sólo pongo una condición.

—Ah... —dice Manzanita. Pero no pregunta de qué condición se trata.

—Irá atrás, en la caravana. Así, si se pone enfermo...

—Vale —acepta Manzanita.

Gran Almizcle y Pimienta se quedan atónitos. Esperaban más resistencia. Gran Almizcle se levanta. Hoy es su último día de trabajo.

—Iré con él —avisa Manzanita.

Gran Almizcle vuelve a sentarse.

—Eso es imposible.

—¿Por qué?

—Porque está prohibido.

—Entonces, ¿por qué va Perro?

—Está permitido para los perros, pero no para nosotros.

—¿Quién lo dice? —protesta Manzanita, cuyo desayuno se está quedando frío.

—El código —contesta Gran Almizcle, que va a llegar tarde al trabajo.

Perro sigue la conversación atentamente. Se da cuenta de que se está decidiendo lo que va a ser de él.

Manzanita discute con energía. Gran Almizcle protesta y señala la hora. Manzanita sigue insistiendo. Finalmente, Gran Almizcle se levanta, coge las llaves del sótano y sale. La rebanada de Manzanita yace en el borde del plato como un pez abandonado. Pimienta se ha refugiado en la cocina, de donde salen ruidos de cacharros. Cuando Gran Almizcle vuelve a aparecer, trae una gran caja de madera y la coloca en medio del salón. «¡Aquí tienes!» —dice. La caja se abre y se cierra con una puerta corredera, un sistema muy ingenioso.

—¿Y los agujeros? —objeta Manzanita.

—¿Qué agujeros?

—¡Los agujeros para que pueda respirar!

—¡Hombre, se me había olvidado! —exclama Gran Almizcle, que en seguida coge el taladro.

—¿Y la ventana? —pregunta la otra cuando ya están hechos los agujeros—. ¡No querrás que viaje sin ver nada!

—¡Marchando una de ventanas! —exclama Gran Almizcle, imitando el tono alegre de un camarero y manejando la sierra con la misma rapidez que los personajes de los dibujos animados.

La casita del perro ya tiene ventana.

Manzanita da una vuelta alrededor de la casita, se coge la barbilla con la mano y se queda pensando.

Por fin dice:

—Vale.

Gran Almizcle se apresura a coger su impermeable y se va a trabajar. Lleva, por lo menos, una hora de retraso.

Y de repente el ambiente se vuelve alegre. El chocolate de Manzanita está frío del todo. Se lo da a Perro, que se lo bebe directamente de la taza mientras mueve el rabo de satisfacción. Manzanita corre hacia su cuarto y vuelve con muchas cosas para arreglar la casita. Le llevará todo el día. Y mientras ella transforma esa caja de madera en palacio veneciano, Perro sueña con las vacaciones. ¡De modo que vuelve a Niza! Se encontrará otra vez con las gaviotas que bordean el mar. Se irá de peregrinación al vertedero. Tal vez vaya a saludar al carnicero con olor a lavanda. Incluso puede que se dé una vuelta por la casa de la rubia que lo confundió con una rata.

Toda su infancia… Se va a encontrar con toda su infancia. Claro que no irá a la perrera, pero el hecho de estar allí, en Niza, le permitirá pensar aún más en Lanudo.

XXXI. Por la ventana

ES el día siguiente. Llevan horas en el coche. Por la cantidad de curvas, Perro sabe que no siguen la autopista. Tiene razón. Antes de salir hubo un breve consejo de guerra.

—No cogeremos la autopista —declaró Gran Almizcle—. Iremos por las comarcales: es más turístico.

—Y también más económico —añadió Pimienta.

—Bueno —asintió Manzanita, a quien realmente le da lo mismo.

Y ahí están las curvas. A Perro lo tienen algo preocupado. Pero, aparte de eso, va como un rey. La casita es espaciosa, está decorada con gusto, y los cojines sobre los que va instalado son mucho más confortables que los asientos del coche. Pensándolo bien, está mejor en la caravana. No tiene que soportar los gritos de Pimienta ni los refunfuños de

Gran Almizcle, que, a estas alturas, estará poniendo a caldo a sus colegas automovilistas. A la única que echa de menos es a Manzanita. Pero, en cuanto se paran, la puerta trasera de la caravana se abre, luego le toca a la de la casita, y aparece Manzanita, toda despeinada y acalorada. Entonces se abrazan como si llevaran diez años sin verse. Después Perro corre a hacer un pis contra un árbol. Una vez hecho, se lanza a seguir el rastro de cinco o seis olores campestres a la vez. Hace eses como si volviera a la infancia. ¡Ah, la hierba! ¡Qué agradable es el olor a hierba!... Manzanita le dice que vuelva. Otra vez lo coge en brazos, otra vez lo mete en la casita, otra vez se cierra la puerta de la caravana. Arrancan. Llevan dos o tres veces haciendo lo mismo desde el principio del viaje. Ya debe de quedar lejos París. Están por el centro de Francia; ahí es donde más curvas hay. Es un verdadero milagro que Perro no haya devuelto todavía. De momento, el coche siempre ha parado a tiempo. «Gracias a Manzanita», supone Perro. Y es que ella lo conoce muy bien.

Otra vez se para el coche. La escena es exactamente igual que las otras veces. Sólo cambian los olores. Aún son olores del centro, pero con un ligero perfume sureño. «Ya hemos hecho más de la mitad del viaje», piensa Perro. Además ya está anocheciendo. Se han parado en un área de reposo para llenar el depósito de gasolina, comer algo y estirar las piernas. Gran Almizcle se toca la punta de los pies con las manos, luego las cruza detrás de la cabeza y gira el cuerpo a la derecha y a la izquierda resoplando como una foca. Al final, da saltitos mientras pega puñetazos en el aire. Hay una cantidad increíble de camiones parados: son como montañas de metal que escupen humo. Gran Almizcle está en plena conversación con dos o tres camioneros. Pimienta dormita en el coche. En cuanto a Manzanita y a Perro, están jugando al escondite entre los arbustos de los alrededores. Perro siempre la encuentra, aunque a veces hace como si se equivocara.

Bocinazo: todos al coche. Gran Almizcle tiene un claxon italiano de doce notas que no se puede confundir con ningún otro. Manzanita vuelve a poner a Perro en su palacete, vuelve a cerrar la puerta de la caravana y el motor del coche arranca. Pero de repente la puerta de la caravana se abre de nuevo, y luego la de la casita. Dos manos con guantes de cuero echan una manta sobre Perro. Se lo llevan sin que siquiera le dé tiempo a resistirse. Cierran sigilosamente la puerta de la caravana y Perro, aterrorizado, oye que el coche se aleja como si no hubiera pasado nada. Por fin consigue forcejear, intenta gritar; no sirve de nada. La manta ahoga sus ladridos. Todo ha ocurrido en un segundo, en un silencio absoluto. Manzanita ya había subido al coche y Gran Almizcle también. Perro no ve nada. El hombre que lo lleva ha echado a correr. Sube dos escalones metálicos. Se abre una puerta y se cierra con un portazo. Oye arrancar otro motor, pero esta vez se trata de un motor que retumba como el trueno. En medio del estruendo, Perro oye a dos hombres que están hablando y riendo a carcajadas. Lo tienen tan bien agarrado que no puede moverse. Teme ahogarse debajo de la manta, y esos guantes de cuero le han hecho recordar otros guantes de cuero muy similares: ¡la perrera! ¡Son los hombres de la perrera! ¡Sólo con pensarlo siente que lo atraviesa una gran espada! Siente tal miedo que se vacía por completo sobre las rodillas del hombre que lo lleva. El hombre suelta un grito furioso y el conductor se ríe a carcajadas. Entonces Perro echa a volar. ¡Eso es, echa a volar! Lo han tirado por la ventana con tanta fuerza que se ha librado de la manta, y cuando Perro abre los ojos está volando por los aires. Lo primero que distingue es el suelo, al que se va acercando cada vez más y a una velocidad vertiginosa. Perro cierra los ojos. Se produce el choque. Luego rueda por la cuneta dando tumbos como si fuera una nevera. Y finalmente se desmaya.

XXXII. En la carretera

YA es plena noche cuando vuelve en sí. Hay luna llena. Al principio, Perro no se mueve por miedo a tener algo roto y por lo desamparado que se siente. No tiene que pensar mucho para reconocer la evidencia: lo han abandonado, al igual que mucha gente hace con muchos otros perros cuando llegan las vacaciones. Seguro que todo esto fue idea de Gran Almizcle. Lo entregó a los camioneros. Y todo con el consentimiento de Pimienta, que se hacía la dormida en el coche. Han llegado a esto por pura envidia. Eso era lo que llevaban días tramando. No hay duda posible. Y Manzanita no se dio cuenta de nada. ¡Dios mío, Manzanita! ¿Cuál será su reacción cuando se encuentre con la casita vacía? ¿Y qué le contarán los otros dos?

Perro nota cómo poco a poco le va invadiendo algo distinto de la angustia. Se trata de un sentimiento que lo ayuda a pensar muy rápido, con una asombrosa lucidez; un sentimiento que le abrasa el corazón. Es la ira. Una ira espantosa. «Tal vez sea esto lo que ellos llaman rabia», piensa. Esa ira le produce un implacable deseo de venganza. Es como si sus fuerzas se hubieran multiplicado. Se ha levantado sin darse cuenta. Está de pie. No, no tiene nada roto. En tres saltos sale de la cuneta que lo separaba de la carretera. La hierba y los matorrales habrán amortiguado la caída. Ya está en medio de la carretera y, con el hocico pegado al alquitrán, olfatea insistentemente. ¿Qué busca? Su propio olor. «¡Sí, Gran Almizcle! ¿A que no sabes por qué los perros hacen pis en todas las ruedas de coche? Para estar seguros de volver a encontrar su camino, en cualquier lado y en cualquier circunstancia. Así me lo enseñó Hienoso. Tú eres de esos idiotas que se quedan alucinados cuando un perro perdido consigue localizar a sus amos a pesar de los miles de kilómetros que los separan. ¡Tonto! No tienes más imaginación que un mosquito...» Esto va pensando Perro mientras busca su olor, escondido entre todos los demás. Busca pacientemente. Sabe que tarde o temprano lo encontrará...

«Cuando lo encuentre, Gran Almizcle, puedes estar seguro de que no dejaré que se me escape. ¡El montón de olores que, como una cortina, cubren la tierra, ésa es la geografía de los perros, Gran Almizcle! No necesitan mapas, no necesitan carteles, no necesitan preguntar su camino. Cuando encontramos el hilo que corresponde al olor que buscamos, ya no lo soltamos. ¡Y hablando del tema, Gran Almizcle, ya tengo ese hilo!»

XXXIII. La ayuda de Hienoso

ONCE días más tarde, a las seis de la mañana, alguien llama suavemente a la puerta de Jabalí. Hienoso aguza el oído. Se oyen más golpecitos. Jabalí, que también se ha despertado, abre.

—¡Anda, si eres tú! ¡Vaya pinta que traes! Pasa.

Perro entra en la casa. Se dirige directamente a la cocina, y allí se traga dos litros de agua y el contenido de la escudilla de Hienoso. Después, no necesita ni treinta segundos para explicar a su amigo lo que le ha pasado. «Ya te había avisado; tenías que haber desconfiado de esos dos», piensa Hienoso. Pero se lo calla: no hace falta escarbar en la herida.

—¿Qué vas a hacer? —pregunta.

Perro expone su plan en dos palabras. Es algo sencillo y terrible. Hienoso nunca le había visto ese resplandor en los ojos. Nunca le ha oído hablar con tanta autoridad.

—¿Cuándo? —pregunta simplemente.

—¡Ahora mismo!

—No —contesta Hienoso—. Primero deja que te curen y descansa un poco.

Perro se lo piensa un momento.

—Tienes razón —acaba admitiendo—; primero tengo que recuperar fuerzas.

—¡Eh, Perro! ¡Ven!

Jabalí le ha preparado un baño. No es que tomar un baño sea lo que más desea Perro, pero Jabalí insiste.

—Déjate de historias, te sentará bien.

Efectivamente, el agua calentita y la voz suave de Jabalí le calman los nervios.

—A ver las patas... ¡Pues sí que has hecho kilómetros!... ¡Qué perrito más valiente eres!

Lo ha sacado de la bañera y lo frota vigorosamente mientras sigue alabándole su valor, su resistencia, su fidelidad y otras muchas cosas, todas agradables al oído. Su voz es grave y profunda. Perro se ha hecho un ovillo contra el pecho de Jabalí, y la voz de éste parace hablarle en su fuero interno. Es una sensación que lo tranquiliza; le recuerda la voz de Manzanita, que lo consolaba cuando lo sacaron de la perrera, o los gruñidos de Hocico Negro cuando se dormía junto a ella. Y, hablando de dormir, se le caen los párpados. «No puedo dormirme, tengo que ir allí ahora mismo.» Pero, mientras lo está pensando, le viene a la boca un extraño sabor, un sabor a avellana que reconoce de inmediato: es el sabor de la leche de Hocico Negro, algo inolvidable. «No te precipites —le susurra una voz familiar—. Descansa, recupera tus fuerzas; las vas a necesitar para hacer lo que tienes que hacer.»

—De acuerdo —contesta Perro—, pero quédate conmigo mientras duermo.

—No te preocupes, estoy aquí; no tendrás pesadillas —susurra Hocico Negro.

—Bueno, entonces me duermo —contesta Perro.

En realidad ya lleva un buen rato dormido.

XXXIV. Unos cuantos amigos

CUANDO se despierta, el piso está vacío. Un plato de arroz con carne lo espera en la cocina. Pronto la escudilla se queda tan limpia como si no hubiera tenido nada dentro. Ya se siente mejor. Nota que ha recuperado sus fuerzas. Así que, al tajo. Habrá dormido durante dos o tres horas, de modo que ya no puede perder ni un minuto. Vuelve la ira, exactamente la misma ira que cuando recuperó el sentido después de desmayarse, la que lo ayuda a pensar rápido, la que lo quema por dentro, la que le hace a uno invulnerable. Ya está en camino hacia su venganza. Pero, justo cuando se dispone a salir, se abre la puerta y aparece Hienoso.

—¡Anda, te has despertado!

—Sí —contesta Perro—; me voy.

Pregunta antes de salir:

—¡Oye! ¿Cuánto tiempo he dormido?

—Dos días.

—¡Qué?

—Dos días y dos noches. Ésta es la mañana del tercer día.

«No puede ser», se dice Perro. Echa una cuenta rápida: «Once días de viaje más dos dormido son trece días. Y necesito por lo menos una semana para hacer lo que tengo que hacer. Para entonces ya habrán vuelto. Ya está, ya está todo perdido. No me queda tiempo.»

—¿Qué ocurre? —pregunta Hienoso al ver la cara que pone.

—He perdido mucho tiempo. ¡Tendrías que haberme despertado!

—¿Qué dices? Uno no se patea la mitad de Francia sin tener que descansar.

—No lo entiendes —contesta Perro irritado—. No me queda tiempo para hacerlo todo.

—A no ser que alguien te ayude —sugiere amablemente Hienoso.

—No. Se trata de un asunto personal —expone Perro después de pensárselo.

—Bueno, en ese caso, tú das las órdenes, nosotros las ejecutamos, y ya está.

—¿Quién es ese alguien? —pregunta Perro frunciendo el ceño—. ¿Quiénes son «nosotros»?

—Los amigos —contesta Hienoso.

Es una respuesta ambigua, pues los amigos de Hienoso son todos los animales de París. Y también tentadora: si le echan una mano todos los amigos de Hienoso, la cosa estará hecha en un periquete —¡además, hecha y bien hecha!—. Pero no, es imposible.

—Con lo que tardes en avisar a todos, será demasiado tarde.

Perro está desesperado.

—A no ser que ya estén todos avisados.

Hienoso ha pronunciado la frase como si nada mientras se iba hacia la cocina.

—¿Te lo has comido todo? —pregunta a continuación en tono de enfado—. ¡Pues sí que! ¡Muchas gracias! Podías haberme dejado un poco.

Perro lo sigue con el rabo entre las piernas, avergonzado. Hienoso se echa a reír.

—¡Que no, hombre, estaba bromeando! Eso era para ti.

Abre la puerta de la despensa con el hocico, despanzurra una caja de croquetas y empieza a masticar poniendo cara meditabunda.

—¡Oye, Hienoso! —dice Perro con voz indecisa—. ¿Qué quieres decir exactamente con «a no ser que ya estén todos avisados»?

—¿Qué? —contesta Hienoso saliendo de su meditación—. ¡Ah, sí! Se me olvidaba. Ve a abrir la puerta, por favor.

Perro, muy intrigado, va a abrir la puerta del piso. Se queda boquiabierto. Frente a él encuentra al Italiano sentado en el felpudo, con el rabo alrededor de las patas.

Perro vuelve a sentir la quemadura en su mejilla. El Italiano no se inmuta. Como siempre, va de punta en blanco, con pajarita reluciente sobre su pechera blanca. Como siempre, trae en los labios una discreta sonrisa que parece venir a decir: «¡Buenos días, querido! ¿Qué tal estás?». Perro le echa valor, se acerca a él y le tiende la pata en señal de amistad. El Italiano se desliza por debajo de la pata y, ronroneando, se frota contra el pecho de Perro. Después se dirige de nuevo hacia la puerta y suelta un profundo maullido que baja recorriendo la escalera.

Aparecen la Egipcia y el Artista, y detrás, como unos treinta perros y gatos de todas las razas y tamaños; todos, amigos de Hienoso. Perro ya conoce a muchos de ellos. Por ejemplo, a Faquir, el pastor alemán del estanco de la esquina, al que han vuelto medio loco con el asunto de tener que distinguir entre los clientes y los ladrones. «No tengo memoria, no sé nunca a quién tengo que morder, así que no muerdo a nadie.»

No dejan de llegar animales al piso. Muchos de ellos, al igual que Perro, han sido abandonados con la excusa de las vacaciones. Habrá que ocuparse de sus amos después de ajustar las cuentas a Gran Almizcle y a Pimienta.

—De acuerdo —dice Perro—. Trato hecho.

—¿Entonces nos vamos? —propone Hienoso.

—Vámonos.

XXXV. Allanamiento de morada

A MEDIA tarde atraviesan un París desierto en el que todo el mundo parece haber salido de vacaciones. Van en fila india. Toda una pandilla de perros y gatos. Con caras inocentes. Como si la ciudad fuera suya —suya y de unos cuantos cacos que harán el agosto—. Germán, un amigo de la infancia de Hienoso, un cachas tipo bóxer, lleva sin esfuerzo un enorme petate. El Artista corretea junto a él. «Corretea» no es la palabra más adecuada. Ondula más bien, como si fuera una miniatura de pantera negra.

La Egipcia y el Italiano van en cabeza, entre Perro y Hienoso. Y toda esta procesión mete el mismo ruido que un halcón acechando a su presa.

—Aquí es —dice Perro.

Hienoso mira con expresión burlona el inmueble de Gran Almizcle y de Pimienta.

—Muy elegante. Muy nuevo. Muy bonito. ¿A que sí, Italiano?

El Italiano parece reírse en silencio.

La Egipcia entra sola en el patio; yergue la cabeza y el rabo como si entrara en su propia casa. En seguida vuelve a aparecer, guiña un ojo y les indica que el camino está libre. Hay dos gatos subidos a los árboles. Un dogo viejo de voz potente se tumba cansinamente a la entrada del inmueble. Son los centinelas. Los otros entran en el patio. Perro les muestra el camino: salta sobre el cobertizo de los contenedores y luego sobre el tejado de la portería.

—¡Germán! —llama Hienoso.

Germán suelta el petate y pega un salto para alcanzarlos en el tejado.

—¿Puedes encargarte de esto? —pregunta Hienoso mostrándole la ventana de la cocina.

Aunque la ventana está cerrada, carece de protección. «Es demasiado estrecha para que pueda entrar un caco», pensaba Gran Almizcle.

Germán baja la cabeza, agacha las orejas y da un golpecito seco con el cráneo: el cristal vuela hecho pedazos.

—Ya puestos, hubiera podido romper la puerta —observa Germán, poco convencido.

—Está blindada.

—¿Y qué?

XXXVI. El bombardeo de Pearl Harbor

EL piso está vacío y silencioso. Reina un imponente olor a limpio. Empiezan por visitar toda la casa, de puntillas y en silencio. Pasan de la cocina al comedor: con su mesa cubierta con un hule; sus sillones y su sofá protegidos con fundas; el televisor nuevecito en un rincón; el aparador de estilo Enrique II, que, más que para guardar la vajilla, parece servir para lucirla; la biblioteca llena de enciclopedias compradas a módicos plazos y que nadie ha leído nunca; los ceniceros en los que nunca nadie apagó un cigarrillo; el montón de adornos que nunca cambiaron de sitio y la falsa chimenea que nunca se encendió. Por las persianas cerradas entra luz, la suficiente para crear una dulce penumbra de iglesia. Las patas se hunden en la moqueta que Pimienta limpió justo antes de marcharse, y que ahora, con sus rizos, recuerda una alfombra de nubes. En el dormitorio de Gran Almizcle y de Pimienta, la cama parece tan reluciente como el sol naciente, con su colcha de raso a juego con el salmón de las cortinas, finas como el velo de una novia. Las pesas y los tensores de Gran Almizcle están recogidos junto al armario de la ropa, que Pimienta cerró cuidadosamente con llave. El cuarto de baño, junto a la habitación, está tan limpio que uno se refleja por todas partes: en los espejos, en las baldosas, en el esmalte de la bañera y del lavabo, en la pintura de las paredes. Es algo vertiginoso: como si uno estuviera en el vacío y rodeado por un montón de seres idénticos.

El dormitorio de Manzanita no es como el resto de la casa. Está casi vacío. Los cojines, las cortinas y la colcha han desaparecido. Lo mismo que la alfombra de piel de oso sintética en que Manzanita apoyaba los pies cuando se despertaba por la mañana. Todo eso, a pesar de las protestas de Pimienta, sirvió para decorar la casita de Perro en su momento. Perro tiene el corazón en un puño. Siente que su rabia es más intensa que nunca.

Han terminado la visita. Todo el mundo está en la salita-comedor-cuarto de estar. Todos miran a Perro.

—Entonces, ¿por dónde empezamos? —dice Hienoso.

Perro abarca la habitación con una mirada. Parece dudar.

—¿Por esto? —propone Hienoso.

Y, como sin querer, deja caer al pie de la chimenea un cenicero de falso cristal de roca. El cenicero queda hecho trizas.

Es la señal.

El Italiano levanta la pata delantera derecha. Saca su única garra: diez gatos se abalanzan sobre las cortinas y se quedan enganchados en la parte superior. Se dejan caer con todo su peso, acompañados de un infinito crujido de tela desgarrándose. Una vez destrozadas las cortinas, los gatos atacan la funda de los sillones.

—¡Atención todos!

El aviso proviene de Germán y de Faquir. Han metido el hocico entre el aparador y la pared y están abriéndose camino. Han desaparecido por detrás del mueble y repiten el aviso:

—¡Tened cuidado, quitaos de en medio!

El aparador se bambolea, vuelve a caer sobre sus patas, se bambolea de nuevo y por fin cae sobre una esquina de la mesa, que se derrumba bajo el peso del enorme mueble. Parece como si la casa entera se viniera abajo.

—¡No! —protesta Hienoso—. Es mucho más divertido romper los platos uno a uno.

—¿Quieres más platos? Ven a la cocina —le propone amablemente Perro.

Esto resulta mucho más divertido. El suelo de la cocina está cubierto de baldosas. Los platos se estrellan contra ellas emitiendo un agradable tintineo. Los platos y los vasos. Los vasos y las botellas. Las estupendas botellas que Gran Almizcle subió del sótano para que nadie se las robara. Un viejo caniche, silencioso y concienzudo, ha abierto la puerta del horno. Se dedica a saltar encima hasta que se rompen las bisagras. Lo mismo hace Germán con la puerta de la nevera, que está hundiendo a cabezazo limpio, hasta el crujido final. Los vapores del vino los tienen borrachos a todos. Cuando regresan a la sala-comedor-cuarto de estar, parece estar nevando. La pandilla de gatos está vaciando las plumas de los últimos cojines. Es un bonito espectáculo que el Italiano se queda contemplando embobado. Mientras tanto, la Egipcia hojea cuidadosamente la *Gran enciclopedia de los árboles y las flores.* Pasa las páginas después de humedecerse la pata con la lengua. Luego, con la otra pata, arranca las hojas que ya ha leído. Lleva más de cien. Perro se queda inmóvil durante un rato para contemplar el panorama. Germán está rompiendo uno a uno los cristales, golpeándolos con la cabeza. Es un perro meticuloso, metódico, y trabaja de forma limpia. Los gatos dibujan surcos transversales en los discos de Gran Almizcle. Hienoso señala discretamente el televisor.

El Italiano aprueba la idea. Hienoso se cuela detrás del aparato, levanta la pata y echa dentro una concienzuda meada. Después, todos se sientan delante del televisor y el Italiano lo enchufa. Muy logrado. En la pantalla aparece una estrella multicolor, luego se produce una especie de explosión ahogada, sale una fuerte humareda y ya no se ve nada —mientras, en el piso de abajo, los aviones japoneses están bombardeando el puerto americano de Pearl Harbor, y los estragos son del mismo calibre—. Un espeso hollín cubre todas las paredes, y se meten por entre los rizos de la moqueta: tosen, se restriegan los ojos, se quedan negros como carboneros. Excelente pretexto para tomar un baño colectivo en la bañera, que precisamente Hienoso está llenando de agua. Mientras todos chapotean y se salpican, Hienoso, con la ayuda del semibóxer Germán, y del casi pastor alemán Faquir, llena la lavadora. Pero no la llenan de ropa sino de cuchillos, de tenedores, de zapatos, de adornos, de tarros de mermelada y de las pesas de Gran Almizcle. Contacto. El estruendo es tan grande que todos corren a refugiarse en el dormitorio de Gran Almizcle y de Pimienta. La colcha de raso no sirve para secarse, pero sí las sábanas y las mantas.

Además, el armario, ahora despanzurrado, encierra lo necesario para convertir la velada en baile de disfraces. Se distribuyen la ropa. La Egipcia se envuelve en las cortinas como una novia. Está preciosa. Al menos eso sugiere la mirada del Italiano, quien, por su parte, ha encontrado una pajarita de verdad. Pero, ¿dónde se habrá metido el Artista?

—¡Artista! ¡Eh, Artista! —llama Hienoso.

Silencio. Aguzan el oído. No hay respuesta. Se oye una mosca.

—¡Creo saber lo que está haciendo!

Germán corre por el pasillo. Todos van detrás de él. En ese momento, en medio del centrifugado, estalla la lavadora. Todos se tiran al suelo y esconden la cabeza entre las patas. Los cuchillos y los tenedores pasan silbando. Algunos van a clavarse hasta en el techo. En un último estertor, el aparato vomita un mejunje de mermelada y escupe las pesas, que van a rebotar contra la pared, rompen el lavabo y caen en la bañera, cuyo esmalte sale disparado. Perro abre por fin los ojos. Lo primero que ve es a Hienoso, sentado delante de él y con un gran cuchillo de mango de hueso clavado en el pecho.

—¡HIENOSO! —chilla.

—¿Sí? —contesta Hienoso.

—El cuchillo —balbucea Perro—. El cuchillo, en tu pecho…

Hienoso baja la mirada hacia el cuchillo, dice: «¡Anda, si es verdad...!», y se desmaya.

—¡NOOOO! —chilla Perro arrojándose sobre él.

Pero Hienoso levanta la pata y se echa a reír. El cuchillo cae al suelo. Otra bromita. Muy graciosa.

Ahora están todos sentados delante de la habitación de Manzanita.

—¡Eh, Artista! —llama Germán—. ¿Podemos entrar?

Silencio.

—¡Oye! ¿Podemos echar una ojeada?

La puerta está entornada. El Italiano la empuja un poco con la pata. Se abre. Todos dejan escapar una exclamación de sorpresa y de admiración. El dormitorio de Manzanita, la única habitación que han perdonado, ha quedado precioso. Hay ramos de flores por todas partes. Un arco iris de flores y de plumas de pavo real da a la habitación una luz suave y cambiante.

—Demasiado gatuno para mi gusto —comenta Hienoso—. Pero precioso de todos modos.

La cama está cubierta con una tela de cachemir color turquesa y rodeada de cojines de seda china. En el suelo se extiende una alfombra de lana tan espesa que un chihuahua despistado podría perderse dentro. En realidad es un trozo de la moqueta del salón que el Artista se encargó de recortar antes de que estallara el aparato televisivo. Por entre los rizos de la alfombra aparecen la cabeza y el rabo del Artista, quien gira la cabeza para realizar una última inspección. Mueve el rabo irritado por algo. No ha quedado satisfecho. Algo le molesta. De repente se queda mirando fijamente a la mesilla. ¡Claro! De un salto silencioso se sitúa sobre el mueble. Aleja dos ramos de flores que habían quedado demasiado cerca el uno del otro, y baja. Es como si se hubiera abierto un telón para revelar un escenario: entre los dos ramos de flores aparece un retrato.

—¡Pero si soy yo! —exclama Perro.

Sí. Es el retrato de Perro. Durmiendo. Pero mucho más guapo que al natural, como podría haber sido si la naturaleza no le hubiera jugado una mala pasada. Y, sin embargo, se le parece mucho.

—Lo hizo Jabalí mientras dormías —explica Hienoso—. Se nos ocurrió que podría quedar bien en la habitación de Manzanita.

Se suben los unos sobre los otros para verlo mejor. Pero nadie entra por miedo a ensuciar.

XXXVII. Y ahora, a esperarlos

TAMPOCO entra Perro. Se ha tumbado delante de la puerta del dormitorio y está esperando. ¿A qué espera? Espera el regreso de Gran Almizcle y de Pimienta. Y quiere ver a Manzanita, claro. El corazón se le sale del pecho con nada más pensar en ella. Pero también quiere ver la cara que pondrán los otros dos cuando descubran la amplitud de su venganza. Seguro que Pimienta se desmaya. Tal vez lo mate Gran Almizcle. Da igual. Habrá hecho lo que tenía que hacer.

Sus amigos se han ido. Debían visitar otros pisos. Perro les propuso acompañarlos, pero todos entendieron que deseaba quedarse esperando.

—Ya somos bastantes —dijo Hienoso.

—Toma, aquí tienes algo para comer.

Germán vació lo que quedaba en el petate, en el que habían traído todo lo necesario para decorar la

habitación de Manzanita , además de algunas provisiones.

Se ha quedado solo en el piso devastado. Huele a quemado, a hollín, a mermelada y a un montón de olores simpáticos (a gatos y a perros, todos mezclados) que no le gustarán nada a Pimienta. Dirá que le parece «insano» y se desmayará otra vez. Al menos, Gran Almizcle no podrá matarlo más que una vez. Cuando uno se muere, se muere. Se convierte en árbol y ya nada puede ocurrirle. Pero, de momento, Perro se siente lleno de vida. No puede evitar pensar en Manzanita. No puede evitar que le palpite el corazón. El dormitorio de Manzanita parece dormir plácidamente. Un olor a flores se impone sobre los demás. Perro está esperando.

XXXVIII. ¡Pobre Manzanita!

ESPERÓ durante tres días. El tercer día por la tarde, una llave giró en la cerradura de la puerta de entrada. Y nada ocurrió como Perro había previsto.

Se sentó en medio de lo que en su día fue comedor-salita-cuarto de estar, como haría Napoleón después de la batalla, al caer la noche, cuando todo estaba hecho polvo. La puerta se cierra. Gran Almizcle o Pimienta aparecerán de un momento a otro; Perro no tiene miedo. La primera en entrar al lugar del saqueo es Pimienta. La mira desafiante. Pero Pimienta no lo ve. Incluso parece que no ve nada. No es la misma Pimienta de antes. Ni siquiera reacciona. Está pálida como la muerte. En su rostro se ven las huellas de un dolor inimaginable. Las lágrimas le han dejado surcos en el rostro. Pisa como una sonámbula los residuos que crujen bajo su peso. Va hacia la habitación de Manzanita. Ahora aparece Gran Almizcle. Perro se queda asustado. ¿Seguro que es el mismo hombre? Ya no parece un cangrejo. Además se ha consumido: sus músculos se han quedado en nada. Tiene tan chupado el rostro que da miedo verlo; sus labios, como resecos y blancos, y sus ojos alucinados brillan de fiebre. Él tampoco se fija en lo que hay a su alrededor. Lleva en brazos una manta vieja, y también él se va a la habitación de Manzanita. ¿Y Manzanita? ¿Dónde está Manzanita? Perro echa un vistazo al recibidor: está vacío. Al rellano de la escalera: vacío. A la escalera de la casa: vacía.

—¿MANZANITA? ¡MANZANITA!

Perro corre hacia el dormitorio de la niña. Gran Almizcle ha extendido la manta sobre la cama de Manzanita. Y Manzanita, Manzanita, que estaba dentro de esa manta, yace ahora sobre la cama, con los ojos cerrados; tan pequeña; tan flaca, tan flaca que parece transparente. Lo que Perro siente al descubrirla es exactamente lo mismo que sintió cuando estaba junto a Hocico Negro, después de que la nevera estuviera girando y la puerta…

—¡MANZANITA!

Ha saltado encima de la cama, se ha arrojado sobre Manzanita y la lame, la lame, la lame…

Hasta que abre los ojos.

—¡Eres tú!

Eso ha dicho, pero con una voz tan débil que Perro casi no se lo cree. Por eso se queda quieto. Quieto como nunca. Y entonces oye una voz que dice muy claramente:

—Hola, Perro, ¿qué tal andamos?

Después ya no oye nada. Primero porque se queda apretado entre los brazos de Manzanita, y además porque Gran Almizcle empieza a exclamar:

—¡MIRA! ¡MIRA! ¡HA ABIERTO LOS OJOS! ¡SE HA MOVIDO! ¡HA HABLADO!

Después hay un jaleo tremendo: Gran Almizcle coge a Perro y lo aprieta contra su pecho como si fuera el carnicero con olor a lavanda, y lo cubre de besos; luego le toca a Pimienta; después otra vez a Gran Almizcle; y por fin dice Manzanita:

—¡Eso no es todo: tengo un hambre de lobo!

Esa noche la pasa en el cuarto de Manzanita, y ella se lo explica todo. En cuanto vio que la casita estaba vacía, se puso en huelga de hambre. Al principio se defendieron diciendo que era culpa suya, que habría cerrado mal la puerta de la casita y la de la caravana. Pero ella no dio su brazo a torcer. Tampoco ellos. Sin embargo, a la semana, empezaron a preocuparse. «Es que me quieren, ¿sabes? Yo también los quiero. Pero tienen que quererte a ti también, y ya está.» Total, como estaban preocupados por el estado de Manzanita, sacaron en un montón de periódicos una nota para intentar localizar a Perro. «Tu retrato ha salido en todos los periódicos como si te buscara la policía.» Y, al ver que las notas en la prensa no daban resultado y que Manzanita seguía negándose a comer, volvieron a la zona donde habían entregado a Perro a los camioneros. «Te lo prometo: fue igual que una de esas investigaciones que se ven en la tele». Pero no encontraban nada; Manzanita seguía consumiéndose y ellos seguían desesperándose.

—Hasta que decidieron volver a casa porque ya no me quedaban fuerzas. Querían ingresarme en el hospital. Ya está, Perro; ya lo sabes todo.

Coge el retrato de Perro, inclina la cabeza y añade:

—¿Éste eres tú? ¡Estás muy bien! Pero te voy a decir algo, Perro: eres todavía más guapo al natural.

Y después de mirar su habitación:

—¡Qué bonita está mi habitación! Nunca ha estado tan bonita. Vamos a dormir muy a gusto tú y yo juntos.

XXXIX. Un futuro optimista

YA está; así es como uno entra con buen pie en el futuro. Manzanita pronto se pondrá bien. Gran Almizcle y Pimienta aceptarán definitivamente a Perro. Pimienta, porque gracias a Perro se salvó Manzanita; Gran Almizcle, porque un perro capaz de convertir él solito un piso en un campo de batalla es un perro fetén. ¡Es como para quitarse el sombrero! Así se lo hará saber a todos sus amigos.

—¡Sí, Perro recorrió más de quinientos kilómetros! Y, cuando volvimos a casa, mira, aquello parecía el puerto de Pearl Harbor después del bombardeo por la aviación japonesa.

De esto no hace tanto tiempo. Ahora Gran Almizcle es capaz de quedarse esperando como veinte minutos delante de la rueda de cualquier coche.

Ni amos domadores ni perros amaestrados

Por Daniel Pennac

No soy ningún especialista en perros. Sólo soy un amigo de los perros. Tal vez también yo sea un poco perro. Nací el mismo día que el primer perro que tuve. Después crecimos juntos. Pero se hizo mayor antes que yo. A los once años ya era un anciano doblado por el peso de los años y el reúma. Yo seguí siendo un cachorrillo alocado. Se murió y lloré. Lloré mucho.

Se llamaba Pec. Era una especie de cocker spaniel *—los cockers aún no se habían convertido en perros de salón—, fuerte, de los que se fugan de vez en cuando, mentiroso, pendenciero, algo ladrón, gruñón y a veces con malas pulgas. Pero, en la calle, sabía esperar a que el semáforo se pusiera en rojo, y como almohada nunca encontré nada mejor. Tampo-*

co como confidente. Por la expresión de mi rostro era capaz de adivinar mi estado de ánimo, y, por su forma de torcer el morro de vez en cuando, aprendí a respetar el suyo. No le gustaba que lo molestaran cuando estaba comiendo, y yo no aceptaba que pusiera su hocico en mis tebeos de Tintín cuando estaba leyendo. Él lo sabía y yo lo sabía. Nos llevábamos bien. También sabía que mi comportamiento en el colegio no era muy allá, y yo veía que algunas de las reglas de la vida en familia le pesaban. Más de una vez nos consolamos el uno al otro.

Ahora, más de veinte años después, me paso las vacaciones con Louke. El caso de Louke es distinto. Cuando cumplió cuatro meses, este pastor de Beauce decidió no seguir envejeciendo. Han pasado seis años y Louke sigue con la misma edad mental de cuando tenía cuatro meses, a pesar de sus cuarenta kilos, su envergadura y sus colmillos como ganchos de carnicero, que relucen en su cabezón de color negro y fuego.

«Este perro es tonto del todo», dice mi madre.

Pero, por la cara con que lo dice, se ve que no se lo acaba de creer. La verdad es que Louke nos ha engañado a todos. Todos lo hemos leído por lo menos una vez en su mirada: en su caso, el ser tonto no es sino una táctica. «No podéis exigirme nada, ya sabéis que soy demasiado tonto...» Eso parece estar diciendo cuando, sentado sobre sus enormes posaderas, con la cabeza inclinada y la lengua fuera, aguanta el chaparrón como si se tratara de un juego. En eso se ha ido perfeccionando su inteligencia desde que convive con los humanos: «no dar nunca la impresión de ser inteligente». *Lo que muestra una asombrosa sabiduría. Gracias a ese sistema lleva una vida apacible, confortable, sin aventuras pero también sin problemas, en una casa que acepta compartir con nosotros. Un sillón confortable y el ruido de fondo de nuestras conversaciones le bastan para su felicidad. De vez en cuando se añaden un paseo por los bosques con los mayores, una pelea con mis sobrinos, una hora de mimos con la cabeza apoyada en el mandil de mi madre… Ha repartido los papeles y cada uno de nosotros interpreta el suyo. A cambio, él acepta respetar las dos o tres reglas que hacen posible la convivencia entre los perros y las personas, y que se reducen a ésta: no meter las narices en los asuntos que no te importan.*

Entre Pec y Louke tuvimos a Kan. Pobre Kan; Kan el taciturno, imprevisible y atormentado, devorado por el miedo a las personas… Tal vez fuera el más «inteligente» de los tres, y también el más bonito, el más todo lo que se quiera, pero, por muy dobermann *que fuera, también era, de los tres, el más desgraciado.*

Dobermann...

Uno se pregunta si se daba cuenta de lo que estaba haciendo aquel recaudador de impuestos alemán del siglo XIX*, el señor Dobermann, cuando creó el perro al que, todo contento, dio su nombre. ¿Saben exactamente lo que están haciendo esos «purificadores» de la raza canina cuando se ponen a crear perros hechos a medida: perros guardianes, perros para niños, perros de compañía, perros de interior, perros para esto, perros para aquello, diseñados como se diseñan los coches deportivos, marcados como si fueran la cubertería de herencia familiar, perros que ganarán preciosas medallas en los concursos de belleza en que los lucirán sus amos? ¡Todo un éxito desde el punto de vista estético! ¡Precioso, el* dobermann*! ¡Bellísimo el* cocker *de ahora! Pero, ¿qué hay de su cerebro? ¿Qué hay de la locura que afecta a algunos cuando envejecen? ¿Qué hay del dolor que sienten por haber enloquecido?*

Kan era uno de esos perros rabiosos. Uno de esos perros amargados por su locura —porque no siempre estaba loco—. Es el único perro al que yo vi llorar. Llorar de verdad, como un hombre loco de dolor y de remordimiento. En uno de esos ataques de enloquecimiento en que no reconocía a nadie, me había mordido. En cuanto se dio cuenta de quién era la mano en la que acababa de plantar sus colmillos, se puso a llorar. A grandes sollozos que hacían temblar todo su cuerpo. Unos aullidos desgarradores, entrecortados por el llanto, que le doblaban en dos. Me había sentado junto a él y lo acariciaba. Le decía al oído que no pasaba nada, que no era culpa suya sino de aquel señor Doberman y de los demás «purificadores» de la raza canina. Él lloraba y yo le hablaba. Duró un buen rato. Luego se dejó caer en un sueño lleno de quejidos. No, verdaderamente este libro no va dedicado a los maniáticos de las razas puras, a los que se dedican a cortar rabos y orejas.

Aparte de Kan y de Louke, los demás perros de mi vida fueron auténticos sin raza: Fantou, al que encontramos en un basurero sin un pelo en la cabeza pero lleno de perdigones, al que un amigo pintor resucitó, y que acabó sus días en casa; Petit, el perro de mi hermano, que tenía el tamaño de una pelota cuando entró en su casa y que, según el veterinario, no iba a crecer más. —Hoy en día, en posición normal, apoya tranquilamente la cabeza encima de la mesa.— No hablemos de los perros que simplemente pasaron por mi vida, de los perros amigos de mis perros, de los perros de mis amigos... Me parece verlos a todos junto a mí, vigilándome mientras escribo estas líneas. Pero es que se dicen tantas tonterías cuando se habla de perros... que hacen bien en desconfiar.

Por otra parte, ¿qué podría decir yo de ellos? Poca cosa. Lo que tengo que decir se dirige más bien a las personas. Por ejemplo: si tiene usted un perro, o si va a tener uno, le pido por favor que no se convierta en amo domador ni en amo domado. Me explico: no sea uno de esos «amos» satisfechos de sí mismos por haber convertido a sus perros en peleles, en fieras salvajes, o en muñecos de exposición. «¡Miren todos qué inteligente es mi perro!», parecen estar diciendo esos tipos; pero mientras se vanaglorian de la inteligencia de su animal, lo que aparece en sus rostros de domadores satisfechos es una tontería sin límite.

Tampoco sea el tipo de amo domado. No sea del gremio de los que viven totalmente pendientes de la santa voluntad de su perro, que no piensan más que en su perro, que no hablan más que de su perro y cuya vida se resume en el mero hecho de tener un perro.

Se requiere, pues, un amaestramiento mínimo. Pero hay que dejar las cosas claras. El buen amaestramiento consiste en inculcar el respeto de la dignidad de cada uno. «¿En qué consiste la dignidad de un perro?», se preguntará usted. La dignidad de un perro consiste en ser perro. Desde este punto de vista, el que quiere amaestrar un perro de forma inteligente primero tiene que amaestrarse a sí mismo, es decir, tiene que respetar la dignidad del perro que vive con él si él mismo pretende comportarse de forma digna como hombre.

En el fondo, la regla más importante de la amistad es respetar las diferencias.

Y, hablando de amigos, le diré otra cosa: si tiene usted amigos que temen a los perros, no les imponga la presencia del suyo, aunque sea el perro más afable del mundo. El miedo a los perros no atiende a razones. A veces se vive como una humillación. Y usted no tiene derecho a imponer esa humillación a nadie.

Tal vez conozca a gente que ridiculice su amor a los perros, gente que le dirá que el amor a los perros esconde una incapacidad para amar a las personas... Que digan lo que quieran. No son más que tonterías.

¡Hay que ver cuántas ideas preconcebidas se oyen por ahí sobre la gente amante de los perros! Algunos dicen, por ejemplo, que el amor a los perros y el amor a los gatos resultan incompatibles. Hay que escoger entre perros y gatos, no se puede querer a los dos. ¡Dupont, Sara, Gabriela, Ti'Marcel, Bingo, algunos de los gatos que tuve a lo largo de mi vida, se estarán partiendo de risa si oyen esto! Y cuando un perro o un gato se parte de risa, se nota...

Lo digo porque mientras escribo estas líneas, Xango, el perro de un amigo mío, que pasa unos días en mi casa y que está tumbado debajo de mi mesa, levanta la cabeza y me mira riéndose. Se lo aseguro, ¡está riéndose! —Además, Xango es como yo: le encantan los gatos.

Ya está. Esto es, más o menos, lo que tenía que decir. Antes de concluir, otra cosa: cuando uno decide vivir con un perro es para toda la vida. A un perro no se le abandona. Nunca. Métase eso bien en el corazón antes de acoger a uno.

Índice

COLECCIÓN **ALA DELTA INTERNACIONAL**

Serie roja. A partir de 5 años

1. *La bruja del gato.* KARA MAY.
2. *El viejo gruñón.* PASCAL GARNIER.

Serie azul. A partir de 8 años

3. *Me llamo Drácula.* OLIVIER COHEN.
4. *Un caimán en la vida.* FRANÇOIS ZABALETA.

Serie verde. A partir de 10 años

5. *Chucho chungo.* DANIEL PENNAC.
6. *El proyecto bebé.* SARAH ELLIS.

Serie marrón. A partir de 12 años

7. *Un tren infernal.* MICHEL AMELIN.
8. *Direcciones prohibidas o la gata azul turquesa.* JOHANNES FRIEDMANN.